KB032983

제리엠 게임판타지 장편소설
WISHBOOKS GAME FANTASY STORY

힐통령
태양의 사제

태양의 사제 4

제리엠 게임판타지 장편소설

초판 1쇄 찍은 날 | 2018년 12월 12일
초판 1쇄 펴낸 날 | 2018년 12월 19일

지은이 | 제리엠
펴낸이 | 예경원

기획 | 위시북스
편집책임 | 이규재
편집 | 위시북스

펴낸곳 | 예원북스
등록번호 | 제396-2012-000132호
등록일자 | 2012. 7. 25
KFN | 제1-345호

주소 | 경기도 고양시 일산동구 호수로 646-24 위너스21 II빌딩 206A호 (우)10401
전화 | 031-819-9431 팩스 | 031-817-9432
E-mail | yewonbooks@naver.com

ⓒ제리엠, 2018

ISBN 979-11-89701-07-9 04810
        979-11-89450-74-8 (set)

CONTENTS

24장 해저 왕국, 아쿠아베라   7

25장 될성부른 떡잎   75

26장 나가 학살자   103

27장 어둠 추적자   169

28장 블랙 리자드맨   197

29장 도박은 ○○○○의 지름길   241

30장 동창회   269

24장
해저 왕국, 아쿠아베라

카이는 두 사람의 해후를 방해하지 않고 얌전히 기다렸다.

그들은 20년 동안 서로에게 하지 못했던, 하고 싶었던 이야기를 1시간 동안 나눈 뒤에야 카이에게 다가왔다.

"기다려줘서 고맙네."

"아닙니다. 20년만에 만나셨는데, 기다려드려야죠."

"정말 고맙네. 엘레느, 이쪽은 우리가 만날 수 있도록 도와준 카이라는 모험가다."

"어머, 그럼 저희의 은인이시네요!"

"그래. 평생을 갚아도 갚지 못할 은혜를 입었지."

카이를 바라보는 엘레느와 크라포드의 눈동자에는 고마움이 가득했다.

습관적으로 자애로운 표정을 한 카이는 가장 모범적인 답안을 입에 담았다.

"사람으로서 당연히 해야 할 도리를 했을 뿐입니다."

"어머, 겸손하셔라!"

"자네는 정말······!"

[엘레느와 크라포드 윈더필드의 호감도가 상승합니다.]

무럭무럭 올라가는 호감도에 자신의 예상이 적중했다는 표정으로 메시지창을 보던 카이가 되물었다.

"그럼 이제 두 분은 어떡하실 생각입니까?"

바리탄이 자신이 크라포드에게 붙여놓은 기사들이 실종됐다는 걸 알게 되면 당사자인 크라포드는 아쿠에리아는 물론 인근 영지를 돌아다니는 것도 위험할 터.

"아, 그 문제 말인데요······."

엘레느가 소녀처럼 수줍게 손을 들며 크라포드를 쳐다봤다.

"크라포드, 예전에 제가 했던 말 기억하시나요? 생각해 보신다고 했던."

"물론이지. 그대가 했던 말은 단 한 문장도 잊은 적이 없어."

"아아, 크라포드······."

카이는 다시금 애틋해지려는 두 사람의 분위기를 사전에 차단했다.

"그래서 그게 뭔데요?"

"아, 제가 크라포드에게 같이 바닷속에서 살자고 조른 적이 있답니다."

"바닷속이라면……?"

"저희 인어들의 고향이자, 바닷속에 위치한 유일한 왕국. 아쿠아베라랍니다."

"하지만 인간은 물속에서 숨을 쉬지 못하잖아요?"

카이의 질문에 엘레느가 배시시 웃었다.

"설마 제가 크라포드에게 해가 되는 일을 하겠어요? 물속에서 숨을 쉴 수 있게 해주는 마법이 있답니다."

"평생이요?"

"물론 제가 평생 옆에서 마법을 걸어줘야 하지만요."

카이가 안타까운 눈빛으로 크라포드를 보며 말했다.

"……엘레느한테 잘 보이셔야겠네요, 크라포드."

"험험, 물론 그녀에겐 평생 잘할 것이네."

부부싸움이라도 하면 그대로 익사해 버릴 수도 있는 살벌한 부부 생활, 그 사실을 인지한 크라포드는 몸을 부르르 떨며 대꾸했다.

"그럼 두 분은 언제 출발할 생각이세요?"

"저는 괜찮다면 지금이라도 당장…… 크라포드는 따로 시간이 필요하세요?"

"아니, 나도 딱히 가져갈 건 없소."

"그럼 곧장 떠나도록 해요. 인간들이 오기 전에."

엘레느가 떠날 채비를 하자 카이가 조심스레 질문했다.

"저기, 엘레느 님. 혹시 아쿠아베라를 방문하는 데 특정한 자격이 필요합니까?"

"인어들의 친구라면 누구나 방문할 수 있답니다."

"그, 그럼 혹시 저도 가능할까요?"

"네? 당연히 같이 가는 게 아니셨어요? 은인에게 은혜를 갚을 기회 정도는 주셔야죠."

"아쿠아베라에 데려가 주시는 것만으로도 충분합니다! 그곳을 방문하는 건, 제 오랜 꿈 중 하나였거든요."

무려 2주 전부터 꾸기 시작한 꿈을 이루게 된 카이가 넙죽 고개를 숙였다.

"카이 님이 저희에게 해주신 일에 비하면 아무것도 아니에요. 그럼 두 사람 잠시만 기다리세요."

눈을 감고 무언가를 중얼거린 엘레느가 크라포드와 카이를 향해 손을 휘저었다. 그러자 두 사람의 머리에 비눗방울처럼 생긴 투명한 막이 씌워졌다.

"엘레느 님, 이것은?"

"물속에서 숨을 쉴 수 있게 만들어주는 마법이랍니다. 지속 시간은 하루밖에 안 되지만, 필요할 때면 언제든지 걸어드릴 수 있으니 걱정하지 않으셔도 돼요."

"그렇군요."

신기한 듯 머리에 쓰인 비눗방울을 한참이나 쳐다보던 카이는 어렸을 적 읽었던 동화책들을 떠올리며 물었다.

"그런데 아쿠아베라는 뭘 타고 가나요? 혹시 돌고래?"

"네? 그게 무슨 말씀이세요."

따악!

엘레느가 손가락을 튕기자 포탈이 생성되었다.

"당연히 텔레포트 마법으로 이동해야죠. 돌고래가 얼마나 느린데 그걸 타고 가죠?"

"……."

마법을 자유자재로 다루는 종족다운 대답이었다.

머쓱한 표정의 카이는 두 사람의 권유에 따라 먼저 포탈 속으로 들어갔다.

포탈을 통과하자 주변 환경이 변했다.

"음……!"

바다에 들어오자 몸은 납덩이처럼 무거워졌다. 시험 삼아 걸음을 내디뎌봤지만, 마치 수영장에 들어가서 걷는 것처럼 느리기 짝이 없었다.

'이 상태로는 전투도 못 할 거야.'

하지만 개발사에서 해결책도 없이 이런 페널티를 줬을 리는 없다. 카이는 느긋하게 마음을 먹고 여유롭게 주변을 구경하기 시작했다. 먼저 몇 미터나 되는 해초와 다양한 색상을 지닌 예쁜 산호초들이 시야에 들어왔다.

'이것이 바닷속 풍경……'

비록 게임이지만 잠수정을 통해서가 아닌, 맨몸으로 심해를 탐사한 유일한 인간이 된 카이의 눈에 줄을 맞춰 움직이는 물고기 무리와 바닥을 기어 다니는 신기한 해양 생명체들이 들어왔다.

'바다 깊숙한 곳은 막연하게 무섭다고 생각했는데……'

생각보다 훨씬 자유롭고 아늑한 풍경이다. 빛이 한 점도 없어 깜깜할 것이라고 생각했건만, 밝은 빛을 뿜는 해파리들이 여기저기 많았고, 무엇보다 바닥에 마법 가로등이 박혀 있어 전혀 어둡지 않았다.

"바닷속 풍경은 마음에 드시나요?"

엘레느의 물음에 카이가 고개를 끄덕였다.

'그런데 물속에서는 대화를 어떻게 해야 되지?'

카이의 고민을 알아챈 엘레느가 미소를 지으며 설명했다.

"평소에 육지에서 말씀하시던 것처럼 하시면 돼요."

"아, 아."

목소리가 나온다는 것을 깨달은 카이가 입을 열었다.

"바닷속이 이렇게 아름다울 줄은 몰랐습니다."

"호호, 좋게 봐주셔서 감사해요. 그럼 이제 들어가실까요? 제 고향인 아쿠아베라로."

엘레느는 제 집을 한시라도 빨리 소개시켜 주고 싶은 사람처럼 신나 보였다.

"네. 그런데…… 저걸로 괜찮습니까?"

카이가 얼떨떨한 표정으로 정면을 가리키며 물었다.

카이의 눈에 비친 아쿠아베라의 입구는 성벽은커녕, 간단한 목책조차 없는 초라한 모습이었다.

혹시 인어들은 단체로 안전불감증에 걸린 것이 아닐까, 의심이 될 지경.

"네? 안전 문제요? 그건 걱정하지 마세요."

엘레느는 엣헴! 하고 헛기침을 하더니 자신감 넘치는 목소리를 카랑카랑하게 울리며 자랑을 늘어놓았다.

"어차피 바닷속에는 적이라고 해봤자 나가들밖에 없고, 그들은 저희 아쿠아베라를 보호하는 마법 결계를 뚫을 수 없답니다. 그리고 아쿠아베라를 찾기도 쉽지 않을 거예요."

"마법 결계가 씌워져 있다고요?"

카이가 눈을 씻고 찾아봐도 보이지 않는 벽을 찾으며 질문했다.

"물론 인어들에게 정식으로 초대를 받은 손님들에게는 보이지 않는답니다. 만약 카이 님도 저에게 초대를 받지 않았다면 아쿠아베라를 눈앞에 두고도 몰라봤을 거예요. 공간 인식 저해 마법이 왕국 전체에 걸려 있거든요."

"대단하네요."

"대단하군."

어째서 마법이 만능이라 불리는지를 여실히 보여주는 아쿠아베라의 방비 수준이었다.

엘레느는 감탄한 카이와 크라포드를 이끌고 아쿠아베라로 들어갔다.

프리카 마을보다 치안이 나빠 보이는 허술한 도시, 그래서 카이는 자신이 아쿠아베라 방문했다는 사실조차 긴가민가했다. 메시지가 떠오르기 전까지는.

[스페셜 칭호, '아쿠아베라를 발견한 자'를 획득합니다.]

[아쿠아베라를 발견한 자]

[등급 : 스페셜]

[내용 : 처음으로 아쿠아베라를 발견한 자에게 주는 칭호.]

[효과 : 모든 스탯 +10, 수중에서의 움직임 보정 +30%.

(이 효과는 칭호를 착용하지 않아도 적용됩니다.)]

"오오."

업적을 달성하고 나서야 해저 도시 아쿠아베라에 왔다는 것을 실감할 수 있었다.

몸이 더 부드럽게 움직이는 것을 느낀 카이는 천천히 걸으며 주변 건축물들을 감상했다.

'확실히 인간들의 건물들과는 여러 가지가 다르구나.'

아쿠아베라의 건물은 거대한 조개껍데기나 소라 등을 개조하여 만든 것이 대부분이었다. 물고기와 돌고래들이 건물들 사이를 제집처럼 드나들었고, 어린 인어들은 그들과 함께 놀았다.

한 폭의 그림 같은, 세속에 찌든 마음이 그대로 정화되는 듯한 풍경이다.

'그리고 인어들의 종류도 하나가 아니구나.'

카이는 모든 인어가 같은 모습을 지니고 있을 거라 생각했지만, 그것은 크나큰 착각이었다.

인어들은 모두 상반신이 사람, 하반신은 지느러미라는 공통점이 있었지만, 개개인의 종은 달라 보였다.

'저쪽은 범고래형 인어인가? 지느러미 색깔이 그렇네. 그리고 저 사람은 갈치?'

지느러미마다 각각의 색상과 특징이 담겨 있는 인어들.

카이가 그들을 물끄러미 관찰하고 있자, 인어들도 관심을 두

기 시작했다.

"아쿠아베라에 인간들이 왔어!"

"인간은 책에서만 나오던 존재 아니었어?"

"엄마! 저 사람들은 지느러미가 없어요!"

"이상해, 무서워. 그런데 궁금해!"

호기심을 품은 인어들은 순식간에 주변으로 몰려들었다. 인어들이 바닷속을 까맣게 물들이며 다가오는 모습을 보던 카이는 깊은 탄식을 흘렸다.

'이것이 인기인의 비애인가……'

톱스타들이 공항에 갈 때마다 겪는 고초보다 어떤 면에서는 더욱 힘겨웠다. 그들은 전후좌우만 조심하면 되지만, 카이는 머리 위에서도 인어들이 헤엄을 치고 다녔으니까.

"인간 손님이 도시에 방문했다고?"

담백하고도 씩씩한 목소리가 카이의 귓가에 들렸다. 동시에 멸치 떼처럼 몰려 있던 인어들은 모세의 기적이라도 일어난 것처럼 옆으로 물러섰다. 그들 사이를 헤엄치며 다가온 자는 푸른색의 지느러미를 자랑하는 남자 인어였다.

'상어……?'

그의 지느러미의 뒤쪽으로는 상어의 상징이라고 할 수 있는 샥스핀이 달려 있었고, 다른 인어들보다 배는 커다란 상체는 보기 좋은 근육이 들어서 있었다.

힘차게 물살을 가르며 다가온 그는 돌연 카이의 손을 붙잡았다.

"인어의 도시에 당도한 것을 환영합니다, 낯선 이여. 저는 백성들을 굽어살피는 자애로운 왕! 카리우스의 아들, 사이러스라고 합니다."

"저는 지상의 인간 모험가 카이입니다."

카이에 이어 크라포드와도 인사를 마친 사이러스는 엘레느를 물끄러미 쳐다봤다.

"그나저나 엘레느…… 흔한 노처녀라고 생각했는데, 남편을 두 명이나 데려오다니. 생각보다 능력이 있었구나."

"네, 네? 그런 거 아니에요!"

빼액! 소리를 지른 엘레느가 크라포드를 꼬옥 끌어안으며 항변했다.

"제 신랑감은 이쪽! 크라포드 하나뿐이에요. 저분은 저희가 만날 수 있게 도와주신 모험가구요!"

"이런, 단순히 남편을 데려온다고 말하고 나가길래…… 내가 큰 착각을 했구나. 미안하다."

머리를 긁적거린 사이러스는 사과를 건네며 카이 일행을 자신의 집으로 초대했다.

거대한 산호초로 외부 인테리어까지 마친 사이러스의 집은 확실히 왕세자의 집이라고 칭할 만큼 멋있었다.

차가운 음료를 내온 사이러스는 천천히 입을 열었다.

"이 도시에 인간들이 찾아온 건 무려 수백 년 만의 일이니, 인어들이 저리 흥분하는 것도 무리는 아닐 겁니다. 그들이 결례를 범했다면 부디 용서해 주시길."

"아니요. 오히려 예쁜 인어들에게 관심받아서 좋았…… 흠흠. 전혀 기분 나쁘지 않았습니다."

카이가 황급히 손사래를 치자, 사이러스는 호탕하게 웃더니 말을 이었다.

"사실은 저도 개인적으로 인간에게 관심이 많……."

우웅, 우웅.

"……은 인어이기 때문에. 인간분들이 도시에 방문하셨다는 소식을 듣자마자……."

우웅, 우웅.

"두 분을 찾아온 것……."

사이러스의 말이 중간에 계속 끊기고, 이어지기를 반복했다. 그 상황을 인지한 것은 카이뿐만이 아닌지, 네 사람의 시선이 일제히 한 곳으로 향했다.

"아니, 저건 갑자기 왜?"

영문을 모르겠다는 표정으로 고개를 갸웃거리는 사이러스, 하지만 밝은 황금빛을 뿜어대는 물건을 확인한 카이는 작게 중얼거렸다.

"찾았다."

우웅, 우웅.

허공에 떠오른 반지는 카이의 심장 박동에 맞춰 진동했다.

'왜 이제야 왔냐고, 기다렸다고' 말하는 것 같았다. 반지의 울림이 전하는 소리에 카이는 입을 꾹 다물었다.

'아쿠아베라에는 성환(聖環) 페트라가 잠들어 있었구나.'

패트릭이 말했던 세 개의 성물 중 하나인 반지를 찾게 된 카이는 입꼬리가 귀에 걸릴 지경이었다.

'일이 쉽게 풀리네. 성물은 찾았으니 이제 비늘만 구해서 돌아가면 되겠어.'

그때 혼란스러운 표정으로 반지와 카이를 번갈아 가며 쳐다보던 사이러스가 입을 열었다.

"잠깐, 잠깐. 수백 년 동안 잠들어 있던 반지가 반응했다는 건…… 혹시?"

"예, 다시 소개하겠습니다."

자리에서 일어난 카이는 태양의 사제에 걸맞은 기품 있는 움직임으로 고개를 숙였다.

"과분하지만 패트릭 님의 뒤를 이어 태양의 사제직을 맡은 모험가, 카이라고 합니다."

"역시!"

사이러스는 희열에 가득 찬 표정을 짓더니 카이의 손을 덥석 부여잡았다.

"사도시여, 마침 잘 와주었습니다!"

"예, 예?"

사이러스의 급변한 태도에 당황한 카이가 슬며시 손을 빼내려 했지만, 그의 거력(巨力)을 벗어날 순 없었다.

'뭐, 뭐야? 왜 이래, 불길하게……'

눈알을 좌우로 굴리며 상황을 파악하려고 노력하는 카이에게, 사이러스가 고개를 푹 숙였다.

"제발 저희 왕국을…… 아쿠아베라를 구해주십시오!"

"……예?"

무언가 일이 꼬였다.

그 생각이 카이의 머리를 강타했다.

"그러니까…… 나가들의 공격이 매섭다고요?"

"나가들의 새끼들입니다. 부끄럽지만 저희의 힘으로는 그들조차 당해낼 수가 없습니다."

사이러스의 얼굴 위로 짙은 자괴감이 떠올랐다.

"혹시 알고 계십니까? 나가들이 저희 머메이드의 천적이라는 것을."

"예, 그건 알고 있습니다."

인어들의 고향에서 그와 관련된 내용을 읽은 기억이 있던 카이가 고개를 끄덕였다.

'분명 인어들은 육체의 힘이 약하고 마법을 주로 사용하는데, 나가들은 자체적인 마법 저항력이 높고 육체적으로 뛰어나다고 했지.'

마법사 유저들이 가장 싫어하는 이들도 다름 아닌 마법 저항력이 높은 근접 클래스 유저였다.

대미지도 잘 박히지 않는 녀석들이 돌진 기술로 접근하면 답이 없으니까.

"하지만 엘레느에게 듣기로는 도시 전체에 공간 인식 저해 마법 결계가 씌워져 있다고 들었습니다만?"

"사실 그 부분이 가장 큰 문제입니다."

사이러스가 깊은 한숨을 내쉬었다.

"선대로부터 계속 전승되며 발전한 저희 인어족의 마법은 대단합니다."

"확실히 제가 보기에도 그렇더군요."

심해에 이렇게 밝은 도시 문명을 유지할 정도의 마법 수준이라면 절대 낮은 수준이 아니었다.

"하지만 최근 들어 나가족이 크게 변했습니다."

"변하다니, 구체적으로 어떻게요?"

"사실 여태까지는 나가족이 천적이라고 해도, 저희의 마법 실력으로 어떻게든 따돌리면서 큰 피해를 보지는 않았습니다. 맞붙었을 때 진다는 것이지, 도망을 치지 못할 정도는 아니었으니까요. 하지만 최근의 나가족은 뭔가가 이상합니다. 갑자기 성격이 포악해진 것도 그렇고, 힘이 말도 안 되게 강해졌으니까요."

'갑자기 성격이 포악해지고 힘이 강해졌다고?'

카이의 눈매가 가늘어졌다. 어찌 된 일인지 거미의 숲에서 겪었던 일과 매우 흡사했기 때문이다.

'만약 나가족 놈들이 어둠의 정수에 물든 것이라면……'

갑자기 성격이 포악해지고, 힘이 강해진 것도 충분히 이해가 되었다.

"혹시 그들이 결계를 꿰뚫어 볼 수 있게 된 겁니까?"

"그건 아닙니다. 사실 그 부분이 제일 골치 아픈 부분이긴 한데……."

사이러스가 옅은 한숨을 내쉬자 입에서 물거품이 새어나왔다.

"잠시 여길 봐주시겠습니까?"

사이러스의 손 위로 입체적인 지도가 펼쳐졌다.

그 모습을 천천히 살펴보던 카이가 탄성을 내질렀다.

"아! 설마 이게 아쿠아베라인 겁니까?"

"맞습니다. 아쿠아베라를 입체적으로 나타낸 것이죠. 혹시 이 부분이 보이십니까?"

사이러스가 가리키는 곳은 도시에서 제법 떨어진 절벽에 있는 동굴이었는데, 그곳에서는 연신 조그마한 연기가 아쿠아베라 쪽으로 연결되는 중이었다.

"예, 보이네요. 그런데 저 연기 같은 건 뭡니까?"

"어느 날 갑자기 나가족이 손에 넣은 이상한 장치입니다. 저 장치에서 흘러나오는 파장이 저희 왕국에 씌워진 마법의 힘을 약하게 만들고 있습니다."

"그런……."

"물론 저희도 매일 마법의 강화에 힘을 쏟아붓고 있기에 도시의 위치는 그리 쉽게 발각되지 않을 겁니다. 하지만……."

"결국 시간문제다, 이 말씀이십니까?"

"정확합니다."

잠시 생각을 정리하던 카이는 무언가 이상함을 느끼며 재차 질문했다.

"그런데 제가 알고 있기로 아쿠아베라는 24시간 동안 이동을 한다고 들었습니다. 그냥 나가들을 무시하고 이동하는 건 불가능하나요?"

"물론 평소에는 계속해서 위치를 옮기고 있습니다. 하지만

5년에 한 번씩은 이동을 멈추고 힘을 보충해 줘야 다시 움직일 수 있습니다."

"……악재가 겹쳤군요."

"안타깝지만 그렇습니다."

사이러스는 간절한 표정으로 부탁했다.

"선조들의 기록을 보면 태양신 헬릭의 사도들은 모두 강력한 힘을 갖춘 존재들이라고 했습니다. 부디 저 장치를 파괴하고 나가들을 쫓아내 저희를 구원해 주십시오."

"아…… 그게……."

답답한 마음을 느낀 카이가 연신 뒷머리만 긁적였다.

'손을 마주 잡았을 때 확인한 바로 사이러스의 레벨은 210이야.'

그가 인어족의 왕자인 것을 생각해 보면, 이곳에서는 제법 강한 존재일 것이다.

물론 상대방은 나가족의 새끼들이라고 하지만, 못해도 레벨이 150은 넘어갈 것이다.

'이건 내가 어쩔 수 있는 수준이 아니잖아.'

레벨 차이가 너무 많이 나면 대미지가 아예 들어가지 않거나, 모든 공격을 회피해 버린다.

한 마디로 도움을 주고 싶어도 도와줄 수 없다는 뜻.

'역시 성물을 모으는 건 200레벨이 넘고 나서야 원활하게

할 수 있는 건가.'

패트릭이 엘프의 숲에 대해 언급했을 때, 그 사실을 깨우쳤어야 했지만 이미 물은 엎질러졌다.

카이가 도움을 주지 않으면 인어족은 큰 피해를 입을 터. 그 사실을 몰랐다면 모를까, 알면서도 모른 척할 수는 없었다.

잠시 턱을 어루만지며 고민을 하던 카이가 입을 열었다.

"우선 성물을 먼저 받아도 될까요?"

"아, 물론입니다. 저희는 맡아놓았던 것뿐, 주인이 오셨으니 돌려드려야죠."

자리에서 일어난 사이러스가 공손하게 두 손을 모아 성환 페트라를 카이에게 가져왔다. 가까이서 본 페트라는 찬란한 빛을 내뿜고 있었으며, 반지 한가운데에 정교한 태양이 조각되어 있었다. 엄청난 장인의 솜씨인지 정말로 태양을 마주한 것처럼 뜨겁다는 느낌을 받을 정도였다.

"너무 아름다워요."

"엘레느, 내가 언젠가 이처럼 비싼 반지도 꼭 사주리다."

"어머, 크라포드. 분명 이 반지가 아름답긴 하지만, 전 크라포드가 준 청혼 반지가 세상에서 제일 좋아요."

카이는 옆에서 꽁냥거리는 중년 커플을 무시한 채, 떨리는 손으로 페트라를 집어 들었다.

"아이템 감정."

[아이템을 감정하기에 안목이 턱없이 부족합니다.]

[봉인된 아이템입니다. 상급 레벨 이상의 감정 스킬이 필요합니다.]

'쯧, 역시.'

어느정도 예상은 했었다. 성물들은 못해도 레전더리 등급 이상의 아이템일 것이고, 착용 레벨도 높을 테니까. 감정 스킬이 초급 4레벨인 카이가 건질 수 있는 정보는 정말 빈약했다.

[봉인된 태양의 반지, 페트라]

등급 : ???

착용 제한 : 레벨 200, 태양의 사제 클래스 전용.

"으음……!"

정말이지 너무나도 빈약한 정보에 카이의 입에서는 깊은 탄식이 흘러나왔다.

'적어도 등급 정도는 알아낼 수 있을 줄 알았는데…… 무리인가.'

게다가 성환 페트라가 요구하는 것은 중급도 아닌, 상급 감정 스킬이다.

'상급 감정 스킬이 필요하다니…… 이건 제법 노가다를 좀 해야겠어.'

물론 대도시에 가면 돈을 받고 감정을 해주는 NPC들이 있다. 하지만 그들을 통해서 아이템을 감정한다면, 어떤 식으로든 흔적이 남을 수밖에 없다.

'이건 보통 물건이 아니야. 만에 하나라도 소문이 나는 일이 있으면…….'

거창하거나 자세한 소문이 아니라도 상관없었다. 미드 온라인에는 조그마한 단서나 추측만 있어도 PK를 저지르는 미친 놈들도 있으니까.

'아마 마음 놓고 사냥도 하지 못하겠지.'

자신이 감정 스킬 레벨을 올려서 스스로 확인하는 것이 최선이었다. 감정 스킬의 숙련도를 올리려면 많은 아이템을 감정해 봐야 하는 법!

사이러스에게 고개를 돌린 카이가 입을 열었다.

"혹시 나가들의 새끼를 처치하는 데 시간제한이 있습니까?"

"음…… 사실 아직까지는 버틸 만합니다. 하지만 가능한 한 빨랐으면 좋겠군요."

"알겠습니다. 그들을 상대할 방법을 생각해 봐야겠습니다. 물속이라 그런지 움직일 때 너무 불편하기도 하고……."

"아, 그 문제라면 제가 도움을 줄 수 있을 것 같습니다."

사이러스는 시종에게 무언가를 부탁했다. 잠시 후 시종이 가져온 것은 푸른 진주로 만들어진 장신구 세트였다.

가장 먼저 놀란 것은 엘레느였다.

"어머, 사이러스 님. 이건 혹시?"

"역시 엘레느는 알아보는군."

두 사람의 대화를 듣던 카이가 조심스레 물었다.

"사이러스 님, 이 물건들은?"

"저희 왕실에서 보물처럼 여겨지는 물건입니다."

"그, 그런 것을 제가 받아도 됩니까?"

"물론입니다. 천적으로부터 저희 백성들을 지킬 수만 있다면 이 정도 가격은 싼 편이죠. 확인해 보십시오."

사이러스의 자신감 넘치는 얼굴을 쳐다보던 카이는 조심스레 아이템들을 감정했다.

[인어의 사파이어 목걸이]

등급 : 레어(세트)

방어력 201

마법 저항력 187

수중에서의 움직임 보정 +20%

착용 제한 : 레벨 70, 지능 100

내구도 37/100

[인어의 루비 팔찌]

등급 : 레어(세트)

방어력 174

마법 저항력 157

수중에서의 움직임 보정 +20%

착용 제한 : 레벨 70, 힘 100

내구도 45/100

[인어의 에메랄드 반지]

등급 : 레어(세트)

방어력 152

마법 저항력 129

수중에서의 움직임 보정 +20%

착용 제한 : 레벨 70 , 민첩 100

내구도 28/100

"이건……!"

정보를 확인한 카이의 눈이 휘둥그렇게 뜨여졌다.

'세트 아이템, 그것도 수중에서의 움직임 보정이 달려 있는 아이템이다!'

돌려 말하면 그것만이 유일한 장점이다. 하지만 물속에서의 움직임에 답답함을 느끼던 카이에게는 가뭄 속 단비와도 같았다. 게다가 세트 아이템은 아이템의 세트 효과를 확인하기 전에는 섣부른 판단을 내려서는 안 되었다. 칠흑의 놀 세트처럼 진정한 가치는 바로 세트 효과에 있기 때문이다.

[세트 : 세 개의 보석]
인어의 보석 장신구 한 개를 장착할 때마다 모든 스탯이 5 상승합니다.
인어의 보석 장신구 한 개를 장착할 때마다 수중에서의 움직임 보정이 5% 상승합니다.
인어의 보석 장신구 한 개를 장착할 때마다 수중에서의 공격력이 5% 증가합니다

'대, 대체 뭐야, 이 사랑스러운 옵션들은!'
카이의 안색은 깊은 바닷속에서 환하게 빛날 정도로 밝아졌다. 착용 제한이 까다로운 만큼 세트 효과가 좋았기 때문이다.
이 말도 안 되는 세트 효과를 확인한 카이의 고개가 천천히 끄덕여졌다.
'과연…… 일반적으로 이 세트를 사용할 수 있는 사람은 거

의 없겠지.'

일반적으로 힘과 민첩, 지능을 동시에 올리는 이들이 과연 몇이나 될까? 단언컨대 1%도 안 될 것이 분명하다.

카이처럼 선행 스탯을 통해 모든 스탯이 동시에 올리지 않는 이상, 이 아이템을 제대로 사용할 수 없다는 소리다.

기껏해야 자신이 주력으로 올리는 스탯과 관련된 아이템만 착용할 수 있을 테니 말이다.

'하지만 난 세 개의 장신구를 모두 착용할 수 있지.'

엘레느와 크라포드를 이어주고, 선행 스탯 30이 추가적으로 오른 카이는 위엄을 제외한 모든 스탯이 100이 넘는다.

즉, 지금의 카이라면 세 개의 보석 세트의 진정한 효과를 모두 끌어낼 수 있다는 뜻!

'모든 스탯 15개, 수중에서의 움직임 보정 15% 상승, 그리고 수중에서의 공격력 15% 상승이라……'

기분 좋은 미소를 짓고 있는 카이에게 사이러스가 물었다.

"어떻게, 도움이 좀 된 것 같습니까? 인간분들이 사용하기에는 조금 어려울 수도 있겠지만……."

"아니요."

세 개의 장신구를 공손하게 받아든 카이는 자신만만한 표정을 드러냈다.

"충분히 도움이 됐습니다. 그것도 흘러넘칠 정도로요."

현재 카이가 지닌 수중에서의 움직임 보정은 '아쿠아베라를 발견한 자' 칭호와 더불어 무려 105%!

정말 웃기지도 않지만, 이것으로 카이는 육지에 있을 때보다도 물속에서 더 유연하고 빠르게 움직일 수 있게 되었다.

사이러스와 이야기를 마친 카이는 집을 나섰다.

한 발자국 뒤에서 그를 따라오던 크라포드가 입을 열었다.

"자네는 이제 어쩔 텐가?"

"저야 뭐……."

카이는 꼬인 실타래처럼 복잡한 머릿속을 정리했다.

'수중에서의 움직임은 어느 정도 해결했다지만, 아직 나가들을 상대하기엔 턱없이 부족해.'

우선 강해져야 할 필요성이 절실해졌다. 타르달의 비늘 찾기 퀘스트에는 30일이라는 시간제한까지 있었다. 시간이 자신의 편이 아닌 이상, 철저한 계획을 세워야 했다.

'우선 도시를 둘러보면서 정보들을 수집하자.'

아쿠아베라는 카이가 최초로 발견했으니 다른 유저들에게 공개되지 않은 도시다. 당연히 주변의 던전이나 퀘스트, 상점의 물건까지 혼자서 독차지를 할 수 있다는 소리였다.

"우선 도시를 좀 둘러볼 생각입니다. 크라포드는요?"

"엘레느의 집에 가서 쉴 생각이네. 오늘 이런저런 일이 많아서 그런지, 제법 지치는군."

말로는 지쳤다고 하지만, 크라포드의 얼굴은 어제와는 비교도 안 될 정도로 밝아 보였다. 그 이유가 사랑하는 사람과의 재회 때문임을 알고 있는 카이는 진심으로 축하해 줬다.

"고맙네. 언제라도 나의 도움이 필요하다면 찾아와 주게. 내가 도와줄 수 있는 일이라면 무엇이든 도와줄 테니까."

"저도 마찬가지예요. 그리고 하루가 지나기 전에 저에게 찾아와 주세요. 공기 방울 마법을 연장해야 하니까요."

"명심하겠습니다."

해저 도시까지 와서 익사 엔딩을 맞이할 수는 없는 법.

고개를 끄덕거린 카이는 떠나가는 두 사람의 뒷모습을 지켜보다가 길거리로 들어섰다.

'그나저나 확실히……'

세 개의 보석 세트 때문인지 몸이 가볍다. 그 사실을 자각한 카이는 가볍게 바닥을 차고 위로 솟구쳤다. 어렸을 때 배웠던 자유형을 펼치자, 그때와는 비교도 안 되는 속도로 몸이 위로 쏘아졌다.

'이거, 미드 온라인에서 수영 대회라도 열리면 1등은 따놓은 당상이겠어.'

수영 스킬도 없는데 이 정도의 속도라면 수영 스킬이라도 생성되는 날에는 그야말로 물개가 따로 없을 것이다.

높은 곳으로 올라간 카이는 한눈에 보이는 도시의 건물들을 쭉 훑어봤다.

'여기서 봐서는 어디가 어딘지 모르겠어. 그럼 우선……:'

카이는 광장으로 보이는 공터로 내려갔다.

"음, 인간 아닌가?"

"인간을 보는 것도 몇백 년만이군."

카이가 나타나자 인어들이 관심을 보이기 시작했다.

그들 중 한 무리에게 다가간 카이는 밝은 미소를 선보이며 입을 열었다.

"안녕하십니까. 저는 세상에서 가장 아름다운 도시를 탐험 중인 모험가, 카이라고 합니다."

"험험, 아쿠아베라가 아름답기는 하지."

"어디에도 이 도시보다 아름다운 도시는 없을 거야."

칭찬은 고래도 춤추게 하는데 인어들이 춤추지 않을 리가.

어렵지 않게 그들의 경계심을 허문 카이는 난처한 표정을 지으며 주변을 둘러봤다.

"그런데 제가 인어들의 도시를 방문한 게 처음이라 그런지 길을 잘 모르겠네요. 실례가 안 된다면 설명을 좀 해주실 수 있을까요?"

인어들은 독자적인 문자를 사용했기에, 건물들의 간판만 봐서는 도저히 뭐 하는 곳인지 알 수가 없었다.

'직접 돌아다니면서 확인하는 건 비효율적이야.'

미드 온라인은 미지로 가득 찬 곳이다.

아무리 똑똑한 유저라고 해도 관련 스킬을 배우지 않은 이상, 모든 것을 파악할 수는 없다.

'모르면 질문하라고 있는 것이 NPC지.'

얼굴에 철판을 깔고 NPC들에게 이런저런 질문을 던지면서 돌아다니는 것이 새로운 도시를 방문했을 때의 기본적인 자세였다.

다행히 친절한 인어들은 자신들의 지식을 나누는 데 거리낌이 없었다.

"감사합니다. 정말 큰 도움이 되었습니다."

"뭘, 외부인의 방문은 수백 년 만이라 오히려 반가웠네."

"나중에 시간 나면 주점으로 오게! 인간 세상의 이야기도 듣고 싶으니 말이야."

"시간이 나면 꼭 들르겠습니다."

인어들과 헤어진 카이는 무기점부터 방문했다.

"어서 오게."

"물건들을 좀 둘러봐도 될까요?"

"마음대로 하게."

무뚝뚝한 주인의 대꾸에 무기점의 무기들을 살폈다.

'흠, 대부분의 무기는 뼈로 만들어져 있어. 아무래도 해저 도

시라서 그런 거겠지.'

불을 사용할 수 없는 해저 도시의 특성상, 강철을 가공할 수는 없을 테니까. 게다가 철제 무기는 바닷물에 금세 부식이 되어버리니 오랜 기간 사용할 수도 없을 것이다.

"어?"

그런 카이의 눈에 독특한 소재의 무기가 보였다.

마치 달빛을 머금은 것처럼 푸른색을 띠는 금속이었는데, 부식은커녕 지상의 강철 무기와 비교해도 꿀리지 않을 만큼의 완성도와 예기를 지니고 있었다.

"죄송하지만 이 검은 무슨 금속으로 만든 겁니까?"

"음? 그야 물론 블루스틸일세."

"블루…… 스틸이요?"

"심해에서만 채굴되는 금속 중 하나이지. 부식될 염려도 없으며, 물의 저항도 잘 받지 않아 무기로는 안성맞춤이네."

"하지만 이 형태는 어떻게 잡은 겁니까? 불이 없으니 가공을 할 수 없었을 텐데요."

"대장장이들이 한 달에 한 번 정도씩 육지에 나가서 몇 개씩 만들어오네."

무기점 주인은 멍청한 사람이라도 보듯 카이의 위아래를 훑었다.

'그, 그렇지. 그러고 보니 인어들은 마법에 능숙하다고 했지.'

당장 엘레느만 봐도 공간이동 마법을 통해 순식간에 이동을 하는 것을 보면, 무기를 만드는 이들이라고 크게 다르지는 않을 터.

"한 번 휘둘러 봐도 되겠습니까?"

"마음대로 하게."

주인의 허락을 맡은 검을 가볍게 좌우로 그었다.

"확실히……."

물속에서 검을 휘둘렀음에도 불구하고 물의 저항을 받는다는 느낌은 들지 않았다.

'그럼 깨우친 자의 롱소드라면?'

허리춤의 검을 꺼낸 카이는 조금 전과 마찬가지로 검을 휘둘렀다.

"으음……."

인상이 찌푸려지며 신음이 절로 터져 나왔다. 카이는 심각한 표정으로 고개를 저었다.

'이건 물속에서 사용할 수 없겠어.'

검을 휘두르자 손목 쪽에 힘이 가해지며 강력한 물의 저항이 느껴졌다. 수중에서의 움직임이 보정되었다고는 하지만, 그건 어디까지나 카이의 몸뿐이었기 때문이다.

그가 장비한 칠흑의 원한 세트나 깨우친 자의 롱소드까지 물의 저항을 무시할 수는 없었다.

'결국 수중 전투를 위한 장비들을 새로 맞춰야 한다는 건데……'

그것이 또 모두 돈이다.

가볍게 한숨을 내쉰 카이는 눈 앞을 가리는 물거품들을 걷어내며 주인에게 말을 걸었다.

"혹시 화폐는 어떤 걸로……"

"그야 금일세."

'그나마 다행인가.'

인어들은 독자적인 화폐를 사용할까 싶어 걱정했지만 이들도 골드를 사용하는 모양이었다. 적당히 가게를 둘러본 카이는 마음에 드는 검을 집으며 물었다.

"이건 얼마죠?"

"금, 한 움큼일세."

"……?"

생전 처음 들어보는 독특한 방식의 가격에 카이가 고개를 갸웃거렸다.

'금, 한 움큼이라고? 그게 대체 얼만데……?'

카이는 인벤토리에서 골드 하나를 꺼내 그에게 보여줬다.

"그럼 이 동전을 몇 개나 드려야 하나요?"

"거참, 자꾸 귀찮게 이것저것 물어보…… 음?"

귀찮다는 표정을 역력하게 드러내던 가게 주인이 눈을 크게 떴다. 그는 카이가 들고 있던 골드를 뚫어지게 쳐다보더니 떨리는 목소리로 물었다.

"이, 이게 뭔가?"

"예? 그야 골드인데요."

"아니, 내 말은 그게 아니라, 이 정교한 세공은 대체 뭐냐고 묻는 것일세!"

가게 주인은 몽롱한 시선으로 골드를 들어 올리더니 이리저리 돌려봤다.

"오오, 이렇게 정교한 금 동전은 왕실에도 몇 개 없다고 들었는데……."

'아! 설마……?'

그의 반응을 보고 무언가를 깨달은 카이가 눈을 반짝였다.

'그래. 이곳은 해저 도시, 불이 귀하겠지.'

무기야 종족의 생존을 위해 꼭 필요한 것이니 대장장이들이 한 달에 한 번씩 육지에 나가서 만들어온다고 하지만, 과연 화폐는 어떨까?

'지상의 국가들은 각자의 왕실 공방에서 골드를 찍어내지.'

그들이 자신들의 국가 화폐로 골드를 생산하는 이유는 간단했다. 화폐란 거래를 더 편리하게 하도록 도와주고, 가치를 명확하게 매겨주기 때문이다.

'인어들의 거래 방법은 너무 주먹구구식이야. 인간들은 이

런 식으로 거래하지 않지.'

그건 인어들이 순수하기도 하지만, 아쿠아베라가 유일한 해저 왕국이기 때문이기도 했다.

거래할 대상이 많지 않으니 거래 대상이 한정적이었고, 자연스럽게 화폐를 따로 주조할 가치를 느끼지 못한 것이다.

'게다가 물속에서 화폐를 주조하는 건 어렵기도 하고.'

그렇다고 바다에 사는 인어들이 육지에 따로 화폐 주조를 위한 공방을 만드는 건 현실적인 어려움이 있었으리라.

'그렇다면 결국……'

그 말은 지금 이 도시에 이렇게 멋들어진 모양의 골드를 보유한 것은 카이 혼자라는 뜻이다. 타고난 눈치로 빠르게 상황을 파악한 카이는 다분히 영업적인 미소를 지었다.

"어떠십니까?"

"크, 크흠. 제법 멋있군."

"실례가 안 된다면 이 골드의 가치에 대해서 제가 제대로 설명해 드려도 되겠습니까?"

"골드의 가치?"

눈을 깜빡이던 가게 주인이 얼떨떨한 표정으로 고개를 끄덕였다.

"한 번 해보게나."

"우선 이 골드의 앞면을 봐주십시오. 하늘을 상징하는 정교한 독수리가 조각되어 있지요?"

"오오, 독수리라는 새인가? 책에서 읽어 본 적 있네!"

인어들은 미드 온라인의 내륙 지방에만 서식하는 독수리를 볼 기회가 평생 없을 것이다. 그 때문인지 주인은 나이에 어울리지 않게 흥분한 표정으로 연신 고개를 끄덕였다.

"이 뒷면에는 라시온 왕실의 궁이 조각되어 있습니다."

"아! 이 건물이 인간들의 왕이 기거하는 장소였나?"

"예, 웬만한 마을과도 맞먹는 거대한 크기의 궁전이지요."

"허어……."

입을 헤 벌린 가게 주인은 이미 머릿속으로 상상의 나래를 펼치고 있었다.

"앞면에는 저 드높은 창공을 비상하는 독수리가! 뒷면에는 거대한 왕실의 모습이 조각되어 있습니다. 이것은 단순한 화폐가 아니라, 일종의 예술품으로 치부해야 할 정도이지요."

"동의하네. 확실히 아름답기는 해. 하지만…… 그래도 검의 가격은 깎아줄 수 없네. 그 동전 하나로는 절대 한 움큼의 값어치가 나오지 않아. 최소한 20개는 가져오게."

'20개면…… 20골드!'

고작 매직 등급의 검이 200만 원이라니?

카이는 말도 안 되는 바가지에 비명을 지르고 싶은 기분이었지만, 마음을 가라앉혔다.

'저 돈을 곧이곧대로 낼 수는 없어.'

물론 카이의 지갑이 근래에 통통해진 건 사실이었지만, 고작 매직 등급의 아이템들을 세트로 맞추자고 수천만 원을 쓰는 미련한 짓을 할 수는 없었다.

'생각을 하자, 생각을⋯⋯.'

머리가 뜨거워질 정도로 계산기를 두드린 카이는 돌연 여유로운 표정을 짓더니, 고개를 절레절레 흔들었다.

"후우, 안타깝네요. 인어들은 모두 지적인 줄 알았는데, 하나만 알고 둘은 모르는 분이 계셨다니⋯⋯."

"뭐라고?"

가게 주인이 인상을 찡그리자, 카이가 손가락으로 동전을 튕겼다. 물의 저항을 받은 동전은 천천히 떠올랐다가, 다시 천천히 손바닥 위로 떨어졌다.

그 행위로 무거운 분위기를 약간 해소시킨 카이가 입을 열었다.

"죄송한데 성함이 어떻게 되시죠?"

"⋯⋯카울이네."

"그렇군요. 같은 카 씨로서 제가 좋은 정보를 하나 가르쳐드리겠습니다."

카이는 남들이 들으면 안 되는 정보라도 되는 듯, 주변을 훑어보더니 조용히 속삭였다.

"지금은 제가 이 골드를 들고 있다지만, 제가 이 도시를 떠나면 어떻게 될 것 같습니까?"

"그야…… 아무도 들고 있지 않겠지?"

"아니죠."

씨익 웃은 카이가 검지로 카울의 손등을 톡톡 두드렸다.

"바로 카울 씨가 이 골드를 들고 있으실 것 아닙니까?"

"그, 그렇군. 물론 거래가 성사되었을 때의 이야기지만."

"자, 그럼 다시 한번 생각해 보십시오. 아시겠지만 아쿠아베라에서는 이렇게 정교한 동전을 만들어내지 못합니다."

"크흐흠, 인어들의 손재주를 너무 무시하는 것 아닌가? 우리도 마음만 먹으면 충분히 만들 수 있네."

카울이 살짝 불편한 심정을 내비쳤지만, 카이는 오히려 더욱 짙은 미소를 지었다.

"이거, 정말 실망이네요. 카울 씨야말로 드워프들의 손재주를 너무 무시하시는 것 아닙니까?"

"드, 드워프라니?"

카울이 깜짝 놀란 표정으로 되물었다. 드워프들의 타고난 손재주는 모르는 종족이 없을 만큼 유명했으니까.

"설마 이 정도 되는 예술 작품을 인간이 만들었다고 생각진 않으시겠죠? 왕실의 공방에서 근무하는 드워프들이 관리, 감독한 끝에 탄생한 것이 바로 이 작품들입니다."

틀린 말은 아니었다. 드워프들은 골드를 찍어내듯 주조하는 거푸집들을 관리, 감독하니까. 물론 골드는 24시간 자동으로 만들어지고 있지만, 완전히 틀린 말은 아니었다.

"그, 그렇군…… 처음부터 아름답다는 생각은 했네."

여기서 부정을 하면 자신의 안목이 낮음을 시인하는 꼴이다. 카울은 얼굴을 붉히더니 가까스로 고개를 끄덕였다.

"자, 그럼 드워프가 만든 이 예술 작품의 값어치는 과연 얼마나 될까요?"

"끄웅."

한참을 고민하던 카울은 결국 체념한 표정으로 손을 내밀었다.

"두, 두 개만 주게나."

'됐다!'

말 몇 마디와 기발한 생각으로 가격을 무려 90%나 깎아버린 카이!

주먹을 불끈 쥔 그의 눈앞으로 알림창이 떠올랐다.

띠링!

[깐깐하기로 유명한 아쿠아베라의 무기점 주인, 카울을 설득했습니다.]

[화술 스킬이 생성됩니다.]

[재치있는 이야기와 말솜씨로 물건의 가격을 90%나 깎았습니다.]

[협상 스킬이 생성됩니다.]

실크로드는 과거 사막과 오아시스 일대의 도시들을 아우르는 교역 경로를 이르는 말이다. 셀 수도 없는 상인들은 저마다의 목표를 지닌 채 이 꿈의 길 위에 몸을 실었다.

그렇다면 왜 길이 꿈의 길이라 불렸던 것일까?

'그야 다른 문명에서 넘어온 물건들은 돈이 되니까.'

어느 시대의 인간이든, 반드시 가지고 있는 것이 바로 수집욕이다.

다른 문명의 물건들이라면 수집욕을 채워주기에는 절대 부족함이 없을 터.

"좋은 거래였네."

"예, 좋은 거래였습니다."

무기점 주인 카울은 라시온 왕실의 인장이 찍힌 골드 30개를 받아들고 희희낙락했다. 물론 그 모습을 보는 카이의 입가에도 진한 미소가 서렸다.

'정말 좋은 거래였어.'

블루스틸로 만들어진 70레벨의 매직 방어구와 무기를 고작 30골드에 산 것은 틀림없는 이득이었다.

'무기의 성능은 깨우친 자의 롱소드보다 떨어지지만, 방어구는 칠흑의 원한보다 오히려 좋아.'

물론 세트 아이템이 아닌지라 쿨타임 감소나 피해 감소 같은 꿀 옵션은 없었다. 하지만 50레벨의 방어구 세트와 70레벨의 블루스틸 방어구는 기본 옵션이 천지 차이였다.

카이는 확연하게 증가한 물리 방어력과 마법 방어력을 확인하며 무기점을 나섰다.

'최초라…… 왜 랭커들이 그것을 얻지 못해 안달인지 조금은 알 것 같네.'

최초라는 이름이 주는 혜택, 무엇이든 독점할 수 있다는 것은 확실히 그 무엇과도 비교할 수 없는 장점이었다.

'자, 그럼 나도 최초 발견자의 혜택을 더 누려볼까.'

카이는 마치 이른 새벽의 놀이터를 독점한 아이처럼 느긋한 마음가짐으로 도시를 둘러봤다.

"음?"

천천히 길거리를 걷던 카이가 돌연 고개를 갸웃거렸다.

몇몇 인어들이 등 뒤로 삼지창이나 검을 매달고 다녔기 때문이다.

'인어들은 마법적인 재능이 뛰어난 종족이라고 들었는데?'

왜 저렇게 근접전을 위한 무기를 들고 다니는 것일까?

궁금증을 참지 못한 카이는 그들에게 직접 이유를 물었다.

"음? 물론 마법을 사용할 수는 있지. 이렇게 말이야."

카이의 물음에 인어는 두 손 가득 빛의 구슬을 만들어내며 웃는 낯으로 말을 이었다.

"하지만 나가들이 자랑하는 근접전은 마법만으로 상대하기에는 여러모로 힘든 부분이 있는 게 사실이야. 그래서 마법과 무기, 둘 다 연마해 보자는 풍조가 생긴 것이고."

"마법과 무기술, 둘 모두를 말입니까?"

그 말은 즉 마검사 클래스와 크게 다를 것이 없지 않은가!

카이가 눈을 동그랗게 뜨자, 삼지창을 든 인어가 고개를 끄덕였다.

"그렇지 않아도 수련관으로 가던 길이었는데, 그렇게 궁금하면 견학하지 않겠나? 겸사겸사 인간의 검술도 보고 싶군."

"부탁드립니다."

그들을 따라 도착한 곳은 반구 형태의 수련관이었다. 그곳의 사범은 근육질의 흰 수염을 길게 기른 멋진 인어였다.

"음? 인간이 여긴 무슨 일이지?"

"견학하고 싶다기에 제가 데려왔습니다. 인간의 검술도 구경하고 싶고요."

"뭐? 너희들은 사범님의 허락도 안 맡고……."

다른 수련생들이 반발을 일으키자, 흰 수염 사범이 손을 들어 그들을 제지했다.

"왕자님에게 제법 믿을 만한 인간이라 들었으니 문제는 없을 거다."

"그, 그렇습니까?"

단 한마디에 수련생들의 반발이 쏙 들어갔다.

압도적인 카리스마를 보여준 흰 수염 사범은 카이를 데려온 인어에게 명령했다.

"네가 데려왔으니 인간의 실력도 네가 확인해 보도록."

"예."

대련은 정말 예고도 없이 성사되었지만, 카이는 자신감에 차 있었다.

'응, 컨디션이 좋아.'

프리카에서는 웜 리자드를, 글렌데일에서는 오크 로드와 오크 주술사를, 그리고 아쿠에리아에서는 쥐들의 왕인 트레빈져와 100레벨의 기사를 두 명이나 상대했다.

그 모든 적이 자신의 레벨보다 훨씬 높았던 이들. 카이는 강자와의 싸움에 익숙한 상태였고, 높고 단단한 벽들을 차례대로 허물며 성장해 왔다.

'게다가 지금은 몸까지 가벼워.'

세 개의 보석 세트와 새로 장만한 장비들까지, 새로운 장비의 효과로 운신은 오히려 지상에서보다 더 좋은 상태다.

지난날의 경험과 최고의 몸 상태는 카이에게 강렬한 자신감을 불어넣어 줬다.

"그럼 먼저 들어오시죠."

2미터 길이의 삼지창을 꺼낸 인어가 손가락을 까닥였다. 카이는 화를 내기는커녕, 반색하며 고개를 끄덕였다.

'이런 기회는 흔치 않아.'

인어들은 최소 레벨 150 이상의 고레벨 NPC들이다.

카이로서는 이런 이들과 대련하는 것도 처음이었을뿐더러, 물속에서라면 더더욱 처음이다.

'인어들과 대련을 하면서 물속에서의 전투에 적응을 해야겠어.'

생각을 마친 카이의 몸은 활대처럼 뒤로 구부러지더니, 순식간에 바닷물을 가르며 나아갔다. 동시에 두 사람의 대련을 구경하던 인어들의 입에서 감탄사가 터져 나왔다.

"오오!"

"인간치고는 수영을 굉장히 잘하는군!"

"이거, 디르곤이 오늘 임자를 제대로 만난 것 같은데!"

인어들로서는 이토록 수영을 잘하는 인간을 처음 봤기 때문에 내보인 반응이었다.

수영 실력 하나만으로 그들에게 강렬한 인상을 남긴 카이.

그것은 카이에 대한 인어들의 기대치를 높였다.

'인간 중에서는 대단한 실력자인가 보군.'

'그러니 왕자님이 손님으로 대우를 해주는 것이겠지.'

'생각해 보면 어중이떠중이가 아쿠아베라까지 찾아올 수는 없어.'

하지만 카이와 상대의 무기가 숨 쉴 틈도 없이 부딪쳐 가자, 인어들의 표정이 미묘해졌다.

'그런데……'

'뭐지? 이 허접한 인간은?'

그야말로 수영 실력이 아깝다고 느껴지는 단순한 검격.

게다가 중간중간 허를 찌른다고 회전력이 가미한 검을 내지르기는 했지만, 상대방인 디르곤은 코웃음을 치며 삼지창으로 이를 자연스레 흘려 버렸다.

대련이 뜻대로 풀리지 않자, 카이의 표정도 어두워졌다.

'수중에서의 전투…… 생각보다 훨씬 까다롭잖아!'

전후좌우, 거기에 기껏해야 위까지. 지상에서의 싸움은 고작 저렇게 다섯 가지 방위를 신경 쓰면 충분했다.

'하지만……'

화아아악!

바닥에서부터 추진력과 함께 솟아오른 디르곤이 삼지창을 내질렀다. 이에 카이가 할 수 있는 것은, 볼썽사납게 몸을 비틀며 다급하게 공격을 쳐내는 것뿐이었다.

까앙! 꾸르르륵!

카이는 다섯 달간 게임을 하면서, 공격이 아래쪽에서 튀어나오는 경험을 해보지 못했다.

'신경 써야 할 범위는 고작 두 배가 늘어났을 뿐인데…… 난이도는 최소 세 배 이상 상승한 기분이야.'

디르곤의 압박을 이겨내지 못한 카이는 순식간에 수세에 몰리며 구석까지 밀려났다. 그런 카이에게 명확한 패배를 안기고자 디르곤은 지느러미를 강하게 휘저으며 돌진했다.

'그럼 나도 여기서 승부를 본다!'

신성 폭발을 사용한 카이의 움직임이 순식간에 빨라졌고, 그는 전투 시작 이래 처음으로 디르곤의 후방을 점거했다.

'여기서 칼날 쇄도!'

지금까지 카이에게 무수한 승리를 안겨주었던, 상대방의 허를 찌른 뒤 급소를 공격하는 패턴이었다.

그러나 다음 순간, 카이는 영문도 모른 채 땅바닥에 처박혔다.

"커억!"

누구나 경험해 본 적은 있을 것이다. 계단을 내려가다가 모두 내려온 줄 알고 걸음을 크게 내디뎠는데, 아직 한 칸이 남아 있는 경우, 그러면 발을 디딜 장소가 없어서 몸의 균형이 무너지게 되고, 시야가 어지러이 돌아간다. 이와 흡사한 기분을 느낀 카이는 정신을 추스르고는 자리에서 일어났다.

"끄응, 조금 전에는 대체……?"

자신이 무엇에 당했는지도 깨닫지 못한 카이가 멍청한 목소리로 묻자, 디르곤이 고개를 저었다.

"아마 사부님이 가르쳐 주실 겁니다."

"내가 가르쳐 줄 것이 무엇이 있겠느냐마는……."

흰 수염 인어는 카이의 위아래를 빠르게 훑더니 고개를 끄덕였다.

"자네의 문제점이 뭔지는 잘 알겠군."

"제 문제점이요?"

카이의 눈이 반짝였다.

발전을 못 하는 플레이어들의 공통점은 스스로의 잘못을 깨닫지 못한다는 것이다. 만약 자신의 잘못을 누군가가 지적해주고, 그것을 고칠 수만 있다면 실력은 반드시 늘어난다.

잠시 침묵을 지키던 흰 수염 사범이 턱짓으로 수련장의 무대를 가리켰다.

"우선 저들의 대련을 한번 지켜보겠나? 설명은 그 후에 해주겠네."

"예에……."

고개를 갸웃거린 카이는 수련장의 벽면에 위치한 산호초 의자에 얌전히 앉아 대련을 구경했다.

캐스팅은 미드 온라인의 몇몇 스킬이 지닌 시전 시간을 이르는 말이다. 당연한 말이지만 대부분의 플레이어는 이 시간 동안 목석처럼 제자리에 서 있다. 그편이 집중력이 높아져서 이후 스킬의 명중률을 높일 수 있어서이다.

그건 비단 NPC들도 크게 다르지 않았다. 당장 마탑의 마법사들만 봐도, 캐스팅할 때는 가만히 서서 정신을 집중한다.

'그런데…… 저건 대체 뭐지?'

카이는 망치로 뒤통수를 한 대 얻어맞고, 같은 곳을 또 한번 얻어맞은 듯한 충격을 느꼈다.

인어들이 무기를 휘두르면서 스킬을 캐스팅하고 있었기 때문이다.

'물론 랭커 중에는 움직이면서 캐스팅을 하는 괴물들이 몇명 있기는 하지만…….'

그마저도 플레이어 대부분은 시도조차 못 해보는 말도 안되는 일이다.

애초에 캐스팅 시간이란 스킬을 준비하는 시간, 당연한 말이지만 그동안 집중력을 잃으면 스킬 사용도 취소된다.

스킬의 쿨타임과 마나가 허공으로 날아가 버릴 수도 있는 위험천만한 일이다.

'몸을 끊임없이 움직이면서 집중력을 유지하는 건 어려운 일이야.'

하물며 인어들의 경우에는 거기서 한 술을 더 뜬다.

"오늘은 움직임이 영 굼뜨군!"

"흥, 누가 할 소리!"

쿠웅, 쿠웅!

서로의 병장기를 쉬지 않고 부딪치면서도 반대쪽 손으로는 마법의 캐스팅을 이어나간다. 검을 회수함과 동시에, 준비가 끝난 주문이 벼락처럼 쏟아진다.

콰르릉! 쩌저적!

일대의 물을 증발시키는 화염의 폭발과 그 화염마저 얼려버리는 얼음 마법.

입을 멍하니 벌린 채 그들의 살벌한 대결을 지켜보는 카이에게 흰 수염 사범이 다가왔다.

"어떤가?"

"예, 예?"

"자네가 무슨 기술에 당했는지 이제 알겠나?"

"이렇게까지 보여주셨는데 모를 리가 없죠."

카이는 콧잔등을 긁적이며 말을 이었다.

"마법에 당한 거죠? 그것도 제 검을 받아낸 직후, 반대쪽 손에서 펼쳐진 마법에요."

"맞네. 공기를 터뜨리는 익스플로젼 마법에 당했지."

"역시⋯⋯."

흰 수염 사범은 허탈한 심정을 감추지 못하는 카이를 물끄러미 쳐다보더니 고개를 돌렸다. 구역을 나눠 대련을 시작한 인어들을 자랑스러운 눈빛으로 바라보며 입을 열었다.

"저 아이들이야말로 우리 인어족의 미래일세."

"미래요?"

"암. 우리 인어들이 아무리 마법에 뛰어나다고 하지만, 마법 저항력이 높은 나가들이 무식하게 밀고들어 오면 정말이지 답이 없었네."

"그야 그렇겠죠. 극상성이잖습니까."

"그래, 극상성이지. 하지만 전쟁에서 계속 패배하는데 그런 단어 하나로 납득할 수야 없는 일 아니겠나."

"그렇⋯⋯ 죠."

플레이어에겐 단순한 스토리에 불과할지 몰라도, NPC에게 있어서 전쟁이란 종족의 미래가 저당 잡힌 중대한 싸움.

'상성이 불리하니까 패배해도 할 수 없어'라는 식으로 납득을 하고 지나갈 수 있는 일이 아니라는 소리였다.

"그래서 우리 인어들은 끊임없이 고민하고, 연구했네. 어떻게 해야 나가들의 진격 속도를 늦출 수 있을지, 어떻게 해야 마법을 더욱 효율적으로, 더 많이 쓸 수 있을지."

"그래서 완성된 게 저 전투법인가요?"

"맞네. 정말 많은 시행착오가 있었고, 또 많은 시간이 흘렀지. 우리들의 피와 땀, 그리고 맞댄 머리들이 내어놓은 최후의 방법이 바로 저것. 무빙 캐스팅(Moving Casting)일세."

"무빙 캐스팅……."

"최전선에서 나가들의 무기를 직접 맞대며, 근거리에서 강력한 마법을 녀석들의 면상에 꽂아버리기 위해 고안된 기술이지."

"……."

카이는 순수하게 감탄했다.

일족의 미래를 장담할 수 없는 상황에서, 얼마나 많은 인어가 머리를 맞댔을까. 그들의 고통과 초조함, 그리고 공포를 감히 짐작도 할 수 없던 카이는 입을 꾹 다물었다.

"왕자님에게 들었다."

"……?"

"자네가 나가들의 새끼를 처치한다면서?"

"드, 들으셨군요."

"미리 말하지만 지금 상태로는 절대로 무리다."

"그렇겠죠……."

카이가 부끄러운 표정으로 고개를 푹 숙였다.

인어 한 명도 이기지 못하는 자신이 일족 전체가 골머리를 썩이고 있는 나가 새끼들을 맡겠다고 했으니, 얼마나 한심스러울까! 하지만 흰 수염 사범의 입에서는 전혀 뜻밖의 소리가 나왔다.

"자네를 내가 훈련시켜 주지."

"훈련이요?"

"그래. 다른 인어들은 자네를 인간 검사라고 생각하지만…… 그건 사실이 아니지?"

"어떻게…… 아셨습니까?"

카이는 여태껏 그 어떤 NPC도 파악하지 못한 비밀을 그가 알아채자 놀란 표정을 지었다.

"우선 기술이 너무 단순하더군. 인간 기사라면 나도 육지에 올라갔을 때 몇 번 본적이 있어. 그들의 기술은 난해하지만 그만큼 상승의 묘리를 품고 있었다. 지상에서 싸운다면 몇몇은 나도 승리를 장담할 수 없을 정도지. 하지만 자네의 검은 좋게 말하면 기본기가 잘 잡혀 있고 정직하지만, 돌려 말하면 검로가 너무 단순하네. 마치 할 줄 아는 게 그것뿐인 초보자처럼 말이지."

"그야……."

카이는 아무 말도 할 수 없었다.

그것이 사실이니까.

'내가 지닌 검술 스킬이라고 해봤자, 패시브인 여명의 검법을 제외하면 칼날 쇄도뿐이야.'

스스로도 인지하지 못한 단점을 의외의 장소에서 깨닫게 된 카이가 눈을 빛내며 물었다..

"그럼 제가 어떻게 해야 할까요?"

"인어들의 속담에 이런 말이 있네. 바다에 왔으면, 바다의 법을 따르라고."

"바다의 법이라……."

카이가 배울 의지를 가득 담은 표정을 내보이자, 흰 수염 사범은 수염 사이로 멋진 미소를 드러내며 웃었다.

"각오 단단히 하게. 수중에서의 전투법을 하나부터 열까지 새로 가르쳐 줄 테니까."

흰 수염 사범의 제안을 수락한 카이는 곧장 그를 따라 개인 수련장으로 이동했다.

'확실히 바다는 땅값 걱정할 필요가 없으니 수련장도 큼직큼직하게 짓는구나.'

인간의 기준으로 최소 300평은 되어 보일 듯한 사각형의 연무장은 바닥은 물론 벽과 천장까지 단단해 보였다.

"내부에는 특수한 마법 방벽이 둘러 있어서 웬만한 충격으로는 절대 무너지지 않을 걸세."

"대단합니다."

"다시 한번 말하지만, 내 훈련을 따라오려면 무슨 일이 있어도 강해지고 싶다는 간절한 염원이 필요해. 만약 자네가 가벼운 마음가짐을 지니고 있다면 지금 당장 포기하게. 그것이 서로의 시간을 절약하는 좋은 방법이겠지."

"그 부분은 걱정 마십시오. 자신 있습니다."

카이는 다시 한번 자신감에 차올랐다. 이번에도 나름의 근거는 있었다. 바로 여명의 검술관에서 후이 관장의 혹독한 훈련을 모두 소화했다는 그것이 자신감의 이유였다.

"흐음. 그렇다면 나중에 딴소리하기 없기일세."

"물론이죠."

"험. 그럼 혹시 본래의 직업이 뭔지 알 수 있겠나?"

직업에 대해 묻는 걸 보니 아직 사이러스 왕자가 태양의 사제에 대해선 말하지 않은 모양.

카이는 당당한 표정으로 자신의 직업을 소개했다.

"사제입니다."

"……사제?"

"예, 사제입니다."

"혹시 인간 중에서 다른 이들을 치유해 주는 그 사제들을 말하는 건가?"

"예, 바로 그 사제입니다."

"허어……"

신선한 충격에 빠진 사범의 기다란 수염이 흐느적거렸다.

"뭐, 예상밖이기는 하지만 배우고자 하는 마음만 있다면 직업 따위는 아무런 상관이 없겠지. 내가 자네에게 가르쳐 줄 것은 단 두 가지일세."

"경청하겠습니다."

카이가 진지한 목소리로 말했다.

그의 눈빛에서는 흰 수염 사범의 가르침을 완벽하게 습득하겠다는 마음이 엿보였다.

'가르치는 보람은 있겠군.'

옅은 미소를 지은 사범은 뒷짐을 진 채 카이의 주변을 천천히 헤엄치며 돌아다녔다.

"짐작하고는 있겠지만 바로 수중에서의 전투법과 무빙 캐스팅이 그것일세."

"예."

이미 예상하고 있던 카이는 무덤덤하게 고개를 끄덕였다.

'수중에서의 전투법이야 육지로 나가면 사용하지 못할 테지만, 무빙 캐스팅은 달라.'

단순하고 직선적인 카이의 전투법을 머리부터 발끝까지 고쳐줄 것이다, 그야말로 혁신이라고 부를 만큼.

카이는 그 스킬만큼은 반드시 배우겠다고 의지를 활활 불태웠다.

"나는 자네의 검에 자유를 불어넣어 줄 걸세. 혹시 이 뜻을 알겠는가?"

"죄송하지만 하나도 모르겠습니다."

"생각해 보면 정말 간단한 뜻이라네."

쿠르릉.

사범이 손을 뻗자 저 멀리 벽에 걸려 있던 삼지창이 순식간에 그의 손아귀로 빨려 들어갔다.

"무기에 자유를 담는다는 건, 형(形)에 구속되지 않는다는 뜻이네."

"형식에 구속되지 않는다? 그건 지금의 저도 하고 있는 것 아닙니까?"

그가 가진 유일한 검술 스킬, 여명의 검법은 딱히 정해진 검로가 없는 스킬이었다. 기껏해야 수직 베기, 수평 베기, 사선 베기와 찌르기 정도가 전부인 하급 검술이기 때문이다.

카이의 질문에 흰 수염 사범은 인상을 찌푸리며 말했다.

"착각하지 말게. 형을 없애라는 건 자네처럼 아무 생각 없이 검을 휘두르라는 소리가 아니네."

"……"

묵직한 팩트에 얻어맞은 카이가 입을 꾹 다물고 있자, 사범이 말을 이었다.

"상식에 구애받지 않는 검. 그 무엇보다 자유로운 검을 휘두르려면 오히려 더 많은 생각을 해야 하지. 상대방이 공격을 피하려면 어떤 움직임을 취할지, 상대방이 반격해 오면 어떻게 피해야 할지, 피한 뒤에는 또 어떻게 공격해야 할지. 모든 경우의 수를 머릿속에서 그린 뒤에 움직여야 하네."

"그, 그게 가능합니까?"

설명만 들어도 머리가 지끈거렸다.

"물론 가능하네. 오히려 검을 잡은 이상, 자네가 언젠가는 올라서야 할 경지이기도 하지."

"끄응……."

카이는 여태껏 전투를 치를 때마다 본능에 가까운 움직임과 전술로 적을 상대해 왔다.

그런 이에게 하루아침에 복잡한 계산을 하라고 해봤자 잘될 리가 만무하다.

"하지만 너무 걱정하지는 말게. 내가 앞으로 2주 동안 자네를 전투의 달인은 무리더라도, 숙련자 정도로는 만들어 줄 테니까."

"……."

카이는 물속에서도 식은땀이 날 수 있다는 경이로운 사실을 느끼며 침을 꿀꺽 삼켰다.

"후, 하나 끝났고. 그럼 다음으로 편집해야 할 영상은……."

미드 온라인의 영상을 전문적으로 편집하는 마이클 레이놀드는 이메일 박스를 열었다. 메일 박스 안에는 앞으로 몇 달은 일해도 끝나지 않을 일감이 들어 있었다. 그중에서 가장 밑에 있는 메일을 클릭한 마이클이 눈살을 찌푸렸다.

"Please fix it good……?"

그냥 잘 만들어 달라는, 초등학생도 할 수 있을 만한 간단하고 조촐한 문장, 스크롤을 내려봤으나 메일에 첨부된 말은 저것이 전부였다.

'뭐야, 요구 사항은? 뭘 어떻게 만들어 달라는 건데?'

이런 경우를 처음 맞닥뜨린 마이클은 황당하다는 표정을 지었다.

최고는 최고를 아는 법.

그렇기에 자신에게 영상을 보내는 이들 또한 미드 온라인에서는 최고의 플레이어들뿐이었다. 당연하지만 고객들은 영상을 어떤 식으로 만들지, 어느 부분에 임팩트를 줬으면 좋겠는지, 자세하다 못해 짜증 날 정도로 많은 주문 사항을 메일에 기입해 넣는다.

'그런데 없다고? 정말로?'

혹시 장난인가 싶어 통장의 거래 내역을 확인해 봤지만, 선금은 확실하게 입금되어 있었다.

"그럼 뭐야……."

이 영상은 자신이 원하는 대로 손 볼 수 있다는 소리 아닌가?

'그렇다고 대충…… 하는 건 프로로서 할 짓이 아니지.'

하아암.

짙은 하품을 내쉰 마이클은 아무 기대감 없이 영상을 클릭했다, 고객의 요구 사항이 없는 경우는 처음이니, 적당히 돈값만 해주면 되겠다고 생각하면서.

"……어?"

하지만 그 생각이 변하는 데에는 긴 시간이 걸리지 않았다. 어느새 졸음을 모두 날린 마이클은 날카로운 눈빛으로 영상을 분석했다.

'인트로 부분은 씬을 잘게 쪼갠 뒤 이어붙이면 더 임팩트가 있을 거야. 이 부분에서는 폭발 효과음을 최대로 키워주고…….'

고객의 요청은 영상을 잘 만들어 달라는 짤막한 글귀 한 줄뿐.

"오크 로드와의 전투 씬에서는 템포가 느린 노래를 넣어주는 게 영상미가 살겠는데?"

조금 전까지만 해도 그 요청이 너무 막막하게 느껴졌지만, 지금은 달랐다.

'내가 넣고 싶은 효과는 모두 넣고, 내 마음대로 영상을 만들 수 있다!'

평소라면 이 정도로 불타오르지는 않았을 것이다. 하지만 마이클이 확인한 영상의 내용은 끝내줬다.

'난 게임을 하지는 않지만, 그래도 이 녀석들이라면 알아.'

검은 벌, 세계 10대 길드에 드는 공룡 길드다. 그런데 영상의 주인은 그들의 뒤통수를 시원하게 까버리는 것은 물론, 레이드 보스 몬스터 두 마리를 혼자서 꿀꺽했다.

이런 영상이야말로 대박이 아니고 무엇이겠는가?

저도 모르게 흥이 오른 마이클은 잠조차 잊은 채 작업에 몰두하기 시작했다.

2주, 길다면 길고, 짧다면 짧은 시간이다.

이번에 카이가 겪은 2주의 시간은 전자였다.

'더럽게 길었어.'

그야말로 영원히 끝나지 않을 것 같던 시간이었다.

적어도 후이 관장에게 검술을 배웠을 때는 최소한 두드려 맞아서 죽을 뻔하지는 않았으니까.

물론 기절을 해서 로그아웃을 한 적은 있지만……

'하지만 그때가 더 좋았을 줄이야.'

카이는 질린 듯한 눈빛으로 흰 수염 사범을 쳐다봤다.

그는 사람을 패는 데는 전문가였다.

이 사람이 얼마나 큰 고통을 느끼고 있는가, 더 때리면 기절을 할까? 그 모든 것을 알고서 강약을 조절하는, 그야말로 귀신같은 솜씨를 지닌 인어.

덕분에 카이는 2주간 단 1분도 긴장을 놓을 수 없었다.

"하지만 이 고생도 오늘로 끝."

"물론 마지막 대련에서 통과해야겠지만 말이지."

흰 수염 사범이 삼지창을 두 손으로 잡으며 중얼거렸다.

"행동으로 보여드리겠습니다."

말을 마친 카이는 부드럽게 검을 뽑고 천천히 걸어나갔다.

지난번처럼 신성 폭발을 쓰지도, 흰 수염 사범의 뒤를 잡으려고 노력을 하지도 않았다.

"으음……."

하지만 천천히 다가오는 카이를 마주한 흰 수염 사범은 오히려 까다롭다는 표정을 지었다.

'이 괴물 같은 인간…… 요즘 인간들은 죄다 이런가?'

그는 카이가 스펀지 같은 사람이라고 생각했다. 그도 그럴 것이 무언가를 가르치는 족족 그것들을 전부 흡수했으니까.

"갑니다."

"오게."

다음 순간 카이의 검이 봄날의 꽃처럼 유려하고 부드럽게 바닷물을 갈랐다. 만약 그 아름다움에 혹하는 자가 있다면, 그는 생각을 잘못한 것이 분명했다. 카이의 검은 상대의 급소를 뚫어버릴 치명적인 가시를 품고 있었으니까.

까앙!

삼지창을 내질러 공격을 막은 사범은 곧장 손목을 돌렸다.

우르릉.

그러자 삼지창이 회전을 일으키며 강력한 찌르기가 카이를 향했다.

'하지만 이미 수백, 수천 번도 더 본 공격이지.'

새삼스럽지도 않은 카이는 몸의 무게 중심을 뒤로 두면서 물러나는 한편, 다리를 크게 굴렀다.

펑, 퍼펑!

바다를 박차고, 뛰어올라 물을 박차며 허공으로 솟아오른 카이. 그에게는 지느러미가 없었지만, 물을 '밟을' 수 있는 강력한 두 다리가 있었다.

이것이 카이가 지난 2주간 수중 전투를 겪으며 생각해낸 방법. 바로 인간인 카이만이 가능한 수중 이동 방법이었다.

'회피 다음에는 공격. 그것도……'

절대 피하지 못할 정도의 속도와 방향으로!

사아아아악!

물을 밟은 카이의 몸이 90도로 꺾이며 바닥을 향하면서 동시에 검이 휘둘러졌다.

그것은 보는 이로 하여금 겨울의 차디찬 바람이 생각나게 하는 살벌한 내려 베기였다.

"음!"

사범은 짤막한 신음을 흘리며 일순 당황했지만, 그는 여전히 노련했다. 지느러미를 강하게 휘저어 뒤로 물러서는 한편, 삼지창을 회전시켜 검을 튕겨낸 것이다.

물론 카이는 기껏 잡은 기회를 놓칠 생각이 없었다.

잠시의 여유도 주지 않고 마치 자석이라도 달린 듯 사범의 신형을 바짝 쫓아갔다.

깡, 까강, 까가가강!

두 자루의 무기가 쉴 새 없이 부딪쳤다. 누구 하나 양보할 마음이 없는, 그야말로 눈 한 번 깜빡할 때마다 날붙이가 번득이는 치열한 공방이 펼쳐졌다.

'그리고 지금쯤이면 그걸 쓰겠지.'

무빙 캐스팅. 인어족들이 나가족에게 대항하기 위해 만든 회심의 비기이자, 지난날 카이가 당했던 기술이다.

'개중에서도 흰 수염 사범이 즐겨 쓰는 기술은 다름 아닌 익스플로전.'

익스플로젼은 공기를 모은 뒤 터트리는 마법이다. 그리고 그것들이 카이를 향해 터져 나오기 직전 카이의 반대쪽 손이 움직이기 시작했다.

"성스러운 방어막!"

순식간에 카이의 전방에 씌워지는 새하얀 방어막.

그 위를 바닷물을 동반한 강력한 공기의 폭발이 덮쳤다.

쩌저저적!

성스러운 방어막은 고작 그 공격 한 번을 막고는 허무하게 깨져 버렸다.

"시도는 좋았으나, 주문의 방어력이 너무 낮구나!"

호기롭게 소리친 흰 수염 사범은 그대로 바다을 박찼다.

그의 손끝에서 다시 한번 회전하는 삼지창.

'아직 왼손은 거두지도 못한 상태. 이대로 돌진하면 오늘도 나의 승리. 아직 멀었구나.'

자신의 승리를 확신한 흰 수염 사범은 다음 순간, 믿을 수 없다는 표정으로 눈을 크게 떴다.

'아니, 검이 왜 여기에……?'

당연히 카이의 손에 들려 있어야 할 검이 지금 맹렬한 속도로 자신을 향해 날아오고 있었다.

애석하게도 이미 피하기에는 늦은 상황!

"크윽!"

까앙!

반사적으로 휘두른 삼지창이 겨우 검을 쳐냈다. 하지만 안도의 한숨을 내쉬기도 전, 카이의 목소리가 들렸다.

"홀리 익스플로젼!"

콰르르르르르릉!

물은 물이요, 인어는 인어로다.

강력한 백색의 광선은 바닷물과 흰 수염 사범을 가리지 않고 벽 쪽으로 날려버렸다.

그 짜릿한 손맛을 오랜만에 느낀 카이는 천천히 바닥에 내려섰다.

"······언제부터 이런 계획을?"

멍한 표정을 지은 채 자리에 주저앉아 있던 흰 수염 사범이 물었다.

"사범님이 익스플로젼을 준비할 때부터요. 제 방어막으로 익스플로젼을 못 막는 건 이미 알고 계시잖아요? 그리고 왼손으로 홀리 익스플로젼은 시전하기에는 이미 늦었었죠.

그래서 카이는 성스러운 방어막을 사용함과 동시에, 검을 있는 힘껏 던지고 오른손으로 홀리 익스플로젼을 캐스팅하기 시작한 것이다.

그야말로 허를 찌르는 자의 허를 찌르는 작전.

"완전히······ 당했군."

눈앞의 인간을 보며 고개를 절레절레 흔든 흰 수염 사범은, 뭐가 그리 기쁜지 미소를 지었다.

'나가 녀석들, 애 좀 먹겠어.'

25장
될성부른 떡잎

카이는 고개를 푹 숙였다.

"지난 2주간의 가르침, 정말 감사합니다."

"다 우리 인어들을 위한 것이지."

"그래도 제가 은혜를 입었다는 사실은 변하지 않습니다."

고개를 들며 말하는 카이의 두 눈에는 2주 전에 없던 자신감이 깃들어 있었다. 이를 지켜본 흰 수염 사범은 제 수염을 쓸어내리며 허허 웃음을 흘렸다.

"자네를 보면서 인간이란 정말 대단하다고 느꼈네. 종족 고유의 특성은 단 하나도 없지만, 다른 문화와 문명, 기술을 말도 안 되는 속도로 습득해 버린단 말이지."

"과찬이십니다."

쑥스러운 표정으로 볼을 긁적이던 카이에게, 흰 수염 사범이 손을 내밀었다.

"부끄럽지만 자네에게 맡기네. 인어족의 미래를."

"믿고 맡겨주십시오."

당당한 목소리를 내뱉은 카이는 곧장 수련관을 나서며 상황을 정리했다.

'타르달 퀘스트는 2주 정도 남았나. 상식적으로 최소 1주일 후에는 던전에 진입해야 해.'

게다가 던전에서 1주일 동안 물속에서 호흡을 해결할 방법도 생각을 해봐야 했다.

'일단 사이러스에게 찾아가서 그 문제에 대한 질문을……'

띠링!

갑자기 귓가를 울리는 알림에 카이가 고개를 갸웃거렸다. 인터페이스 창에 깜빡이는 건 이메일 아이콘이었다. 미드 온라인의 계정과 연동된 주소로 메일이 왔다는 소리였다.

"이 시간에 웬 메일?"

바깥은 이미 새벽이다. 스팸 문자도 오지 않을 야심한 시각. 메일함을 확인한 카이는 짤막한 탄성을 터뜨렸다.

"아!"

기다리고 기다렸던 마이클 레이놀드의 영상 편집본이었다. 그것이 도착했다는 사실에 흥분을 가라앉히지 못한 것이다.

'잘 뽑혔을까? 잘 뽑혔겠지!'

무려 500만 원이나 지불하고 업계 최고의 실력자에게 맡긴 영상이다. 물론 영어 실력이 부족해서 디테일한 부분까지 요구하지는 못했지만…….

카이는 서둘러 파일을 재생했다.

"……."

약 20분가량의 영상을 모두 시청한 카이는 쉬지 않고 다시 한번 영상을 처음부터 재생했다. 두 번째 감상은 첫 번째와는 느낌이 또 달랐다. 중요한 건, 그가 쉬지 않고 40분 동안 똑같은 영상을 반복해서 봤다는 것이었다.

'한 번도 안 본 사람은 있지만, 한 번만 본 사람은 없는 영상…….'

카이가 자신의 영상을 보고 느낀 솔직한 심정이었다.

영상의 주인이 자신이라는 생각이 나지 않을 정도로 화려하고, 영화 같은 동영상.

동시에 직감에 가까운 무언가가 머리를 뒤흔들었다.

'이건 무조건 뜬다.'

미라클 드림 온라인 커뮤니티(Miracle Dream Online Community). MDOC, 엠독 등등 다양한 줄임말로 불리는 이 사이트는 게임을 플레이하지 않는 일반인들조차 명성에 끌려 한 번씩은 기웃거리는 사이트다.

전 세계의 사람들이 이용하기 때문에 24시간 내내 동시 접속자 수가 5천만 명 이하로 떨어진 적이 없을 정도이며, 사용자가 원하면 각국의 언어로 순식간에 번역까지 되는 최첨단 시스템을 갖춘 이곳은 정보의 바다라 불려도 손색이 없을 정도다.

오늘도 어김없이 싸울 놈은 싸우고, 잡담할 놈은 잡담을 하는 평화로운 커뮤니티의 채팅방에 새로운 채팅 로그가 떠올랐다.

-야! 떴다!

└뭐, 레어 템이라도 뜸?

└히든 퀘스트라도 뜸?

└엄크라도 뜸?

└아니, 그게 아니라, 언노운 신작 떴다고! 이 머저리들아!

언노운.

그가 이 커뮤니티에서 차지한 위상은 사실 그렇게 높지 않다. 물론 참교육 동영상을 통해 나름의 인기는 얻었지만, 기껏해야 호수에 던져진 조약돌 하나. 그것이 만들어낸 조그마한 파문 정도에 불과하다.

하지만 랭커들이 매번 똑같은 패턴으로 찍어내는 영상에 질린 사람들이 언노운의 신선한 동영상에 매료되는 건 당연한 수순이었다.

하지만 동시에 그러한 점이 그에 대한 평가를 갉아먹었다.

┌뭐, 사실 언노운 같은 애들이야 일종의 밈이지. 거 왜, 옛날에 PPAP같은 것처럼 말이야.

┌확실히 참교육 영상은 그럭저럭 재밌었지만…… 이번엔 글쎄?

┌사실 몇 번 돌려보다가 느낀 건데, 언노운은 그리 대단한 실력을 지닌 것도 아니거든.

┌만약 이전이랑 비슷한 영상을 들고 온 거라면 정말 별로지.

언노운의 영상 이후로 그의 카피캣들은 수도 없이 쏟아졌다. 유행에 편승하려는 자들, 유명해지고 싶은 자들의 눈에 참교육 영상의 대박은 신세계로 향하는 통로처럼 느껴졌을 테니까.

실패한 사람은 차치하고서라도, 혼자서 길드를 박살 내는 사이다 영상만 수백 개가 올라왔다.

덕분에 갈증을 해소한 유저들은 충분히 배가 부른 상태, 포만감에 느끼는 고객을 만족시키는 건 그 어떤 일류 쉐프에게도 쉬운 일이 아니다.

└뭐, 그래도 언노운이니까 한 번 볼까?
└저번에 나름 재밌었으니, 한 번 정도 더 봐주는 건 예의겠지.
  └물론 저번과 똑같으면 당장 구독을 취소하겠지만 말이야.

낮은 기대치와는 반대급부로 깐깐하고 엄격한 평가 잣대.
이 열악한 상황을 뒤집고 고객들을 만족시키는 건 사실상
불가능에 가깝다.

└그런데 이번 신작 제목 좀 특이한데?
  └죽음의 술래잡기(Deathful Tag)?
  └설마 몹몰이 잔뜩 해서 도망치는 식상한 내용은 아니겠지?

물론 그걸 해내는 이가 있다면 본인의 의지와는 상관없이
주목을 받게 될 것이다.
차세대 랭커를 노리는, 그 누구보다 막강한 유망주로서.

"캬아, 죽이네."

같은 시각, 천화 길드가 뮤리아 성에 임대한 최고급의 길드 하우스 로비의 커다란 소파에 누워 있는 남성은 허공에 떠오른 영상을 보며 싱글벙글 웃었다.

　　"어우, 잘한다, 잘해! 검은 벌 새끼들 뒤통수를 팍! 아, 고렇취!"

　　길드 하우스가 제집이라도 되는 양, 시끄럽게 소리를 지르는 남성은 겉보기에는 한없이 가벼워 보이지만 그 면면을 아는 자라면 절대 그를 무시하지 못했다.

　　천화 길드의 2인자, 여왕의 오른팔, 마법사 랭킹 7위의 플레이어……

　　그는 하나만 쥐고 있어도 무시 못 할 수식어들을 몇 개나 가지고 있는 마법사, 보이드였으니까.

　　"햐, 십 년 묵은 체증이 싹 내려가는 기분이네."

　　그래서 그가 길드 하우스 로비에서 시끄럽게 뒹굴뒹굴해도 말릴 수 있는 사람은 아무도 없었다.

　　딱 한 사람을 제외하고는.

　　"시끄러워. 빈둥거릴 시간 있으면 사냥이나 해."

　　"아…… 마스터."

　　머리맡에서 느껴지는 서늘한 시선을 느낀 보이드가 냉큼 자리에서 일어났다. 물론 최고의 마법사답게 이 상황에서 어떤 변명이 가장 어울릴지를 생각해낸 것은 덤.

　　"마스터, 큰일 났습니다."

"말해."

설은영이 무표정한 얼굴로 되물었다. 마치 네깟 게 큰일이 있어 봐야 화장실 가는 것밖에 더 있냐는 눈빛으로.

"이 영상 보셨습니까?"

보이드는 순식간에 영상 공유를 통해 언노운의 신작을 그녀에게 보여줬다. 첫 시작부터 눈길을 끈 것은, 동영상 좀 봤다 하는 사람은 모를 수가 없는 이름이었다.

'제작자가 마이클 레이놀드?'

천화 길드의 영상편집부에 고용 제안을 해봤지만, 기업에 묶이고 싶지 않다는 이유로 퇴짜를 놓았던 인물이다.

그녀의 눈빛이 살짝 차가워지는 것과 동시에 인트로가 시작되었다.

두 눈에 들어온 것은 거대한 목책, 그리고 그곳을 향해 여유롭게 걸어가는 검은색 로브를 입은 마법사들.

그들이 누군지는 가슴에 박혀 있는 엠블렘을 볼 수만 있다면 누구나 알 수 있는 일이었다.

'검은 벌.'

압도적인 화력으로 천화 길드를 따돌리고 세계 10대 길드라는 타이틀을 손에 넣은 길드, 그래서 예전에는 물론 지금도 언젠가는 넘어야 할 경쟁자로 여기고 항상 주시하고 있는 곳이다.

그들을 이끄는 남자가 느긋한 목소리로 말했다.

-자, 그럼 우리도 나가지.

구석까지 몰린 토벌대 NPC와 유저들을 쓰레기처럼 모두 버려둔 채 자신들만 유유히 전장을 떠나려는 검은 벌 길드원들, 제삼자가 딱 보기에도 상황이 유추되며, 더럽고 치사하다는 말이 목구멍을 튀어나오기 직전 그 단어가 목구멍 밑으로 쏙 들어갔다. 아니, 실제로 검은 벌 길드원 한 명의 목구멍을 쑤셔버린 검이 있었다.

동시에 흑백으로 전환되면서 모든 것이 멈춰버린 화면.

쿵, 쿵, 쿵!

전신의 세포를 일깨우는 듯한 강렬한 비트의 노래가 흐르기 시작하고, 목책의 불구덩이 속에서 천천히 걸어 나온다.

흑과 백의 세상에서 유일하게 색(色)을 지닌 사람이.

"뭐야."

"예?"

"뭐냐고. 얘."

"아, 언노운이라고요. 커뮤니티 동영상 게시판의 반짝스타입니다. 이번 영상으로 제대로 자리매김할 것 같지만."

그 설명을 귓등으로 흘려들은 설은영의 시선이 다시 영상으로 향했다. 영상은 언노운이 등장하는 장면을 여러 각도에서 보여줬다.

마치 영화에서 주인공이 등장하는 것을 보여주는 것처럼.

척!

언노운이 천천히 왼손을 들어 올리고, 손가락을 튕긴다.

따악!

무슨 일이 일어났는지 파악하기도 전에 장면은 전환된다. 분노한 오크 주술사가 검은 벌에게 달려가고, 이를 무시한 언노운은 오크 로드에게 달려간다.

그때까지 울리던 음악이 서서히 줄어들었다. 그리고 기사 NPC들을 모두 물린 언노운은 오크 로드 앞에 당당히 섰다.

-……

그의 음성은 모두 뭉개져 있어서 무슨 말을 하는지 알아들을 수가 없었다.

하지만 분명 멋진 선전포고를 날렸을 것이다. 그것이 영상을 보는 이들이 떠올린 공통된 생각이었다.

뭉개진 음성 뒤로 우르간의 외침이 이어졌기 때문이다.

-설마 지금 거친 바위 부족의 족장인 나, 우르간에게 결투를 신청하는 것인가? 크하아! 재미있구나!

결투의 수락과 동시에 이어지는 격돌, 거대한 도끼와 검이 허공에서 부딪친다. 상대를 부숴 버리겠다는 의지가 서로의 무기에서 뿜어져 나왔다.

동시에, 노래가 바뀌면서 영상이 조금 느리게 재생되기 시작했다.

"이 노래……"

설은영의 무표정하던 눈매가 살짝 커졌다.

새로 시작된 노래는 에디트 피아프의 Non, Je ne regrette rien.(아뇨, 전 후회하지 않아요.)

흔히 영화 인셉션의 OST로 알고 있지만, 당대 프랑스 최고의 가수가 1960년에 발표한 노래다. 노래 자체가 느릿느릿한 탓에 전투와는 전혀 어울리지 않는 노래이기도 하다.

'왜 굳이 이런 노래를?'

마이클 레이놀드의 실력을 그 누구보다 인정하고, 그래서 한때 영입하려고 했던 설은영조차 의문을 품는 순간, 전투의 양상이 뒤바뀌었다. 콜로세움의 검투사들처럼 서로의 목숨을 노리던 치열한 싸움이 자취를 감췄다.

그곳에 남은 건 잡히면 죽는 자와, 잡으면 이기는 자의 살벌한 술래잡기뿐.

그 와중에 언노운은 오크 로드와 사전에 협의해놓은 사람처럼, 그의 모든 공격을 피해냈다. 보통 사람이라면 '그렇구나'라며 넘어가겠지만 설은영과 보이드의 눈에는 진실이 보였다. 두 사람의 눈빛이 허공에서 부딪혔다.

'오크 로드의 움직임을 사전에 읽고…… 회피하잖아.'

'개쩔죠?'

천하의 설은영조차 인정할 수밖에 없는 움직임.

그녀의 옆에서 영상을 구경하던 보이드는 문득 생각난 듯 말을 꺼냈다.

"그런데 언노운 이 녀석 괜찮을까요? 무려 검은 벌 길드를 건드린 거잖아요?"

"그에 대한 답은 이미 줬잖아."

"예?"

설은영은 아무 대답도 하지 않고 팔짱을 낀 채 턱을 까딱였다. 그들의 귓가에는 아직도 들리고 있었다.

에디트 피아프가 남긴 불후의 명곡.

Non, Je ne regrette rien.(아니요, 전 후회하지 않아요.)

┗그런데 언노운은 공격을 피하는 것밖에 못하나?

┗레이드 보스 몬스터 상대로 맞대결을 누가 어떻게 해? 게다가 쟨 혼자라고. 절대 못 하지.

┗되는데요?

┗되는데요22.

┗10:23부터 봐봐. 언노운이 하는데요33.

도망만 다니던 언노운, 복싱으로 비유하자면 가드를 올린 채 일방적으로 두드려 맞던 그가, 다짜고짜 스트레이트를 뻗었다.

심지어 그 공격은 오크 로드에게 매우 효과적이었다. 그 사실만으로도 언노운과 오크 로드의 결투의 가치는 충분했다. 물론, 설은영처럼 게임에 대한 지식이 해박한 이들의 눈조차 피해갈 수는 없었다.

'검술 공격은 통하지 않고 있어. 기껏해야 잘 만든 연출······ 하지만 그것을 고려해도. 제법.'

언노운이 오크 로드와 정면 승부를 펼친 것이 보여주기 위한 쇼라는 것은 안다. 하지만 이를 감안해도, 배짱과 그 와중에 모든 공격을 피하는 순발력, 판단력, 움직임······. 그것들은 박수를 받아도 수백 번은 족히 받아야 마땅할 움직임이었다. 여기서 더욱 중요한 건, 이 모든 것들이 고작해야 시작에 불과하다는 것이었다.

└이번에는 검은 벌이랑 붙었다!

└역시 언노운이다! 미쳐도 이렇게 제대로 미쳐야지!

└저번에는 붉은 주먹인지 뭔지 듣보잡이었는데ㅋㅋㅋ 갑자기 10대 길드ㅋㅋㅋㅋㅋ

　└첫판이 이지 난이도인데 뜬금없이 둘째 판이 헬 난이도인 수준ㅋㅋㅋㅋㅋㅋ

└이거 근데 이길 자신은 있어서 달려드는 건가?

└보면 알겠지.

└뛰어든 걸 보니 안전장치쯤은 해뒀겠지.

오크 주술사와 검은 벌 길드 사이에서는 치열한 전투가 벌어지고 있었다. 그리고 예고 없이 그들 사이에 난입한 언노운은 마치 양 떼 사이에 섞인 맹수처럼 난입한 즉시 뾰족한 발톱을 드러냈다.

└어! 놀 스켈레톤들이다!

└해골들 떴다! 너무 귀여윙!

놀 언데드들에게 발목이 잡힌 검은 벌 길드원들이 다급히 쏘아 올린 마법 주문들은 허공을 수놓았고, 동시에 언노운의 두 발이 어지러이 움직였다.

펑, 퍼펑, 펑!

한 발, 한 발. 그리고 또 한 발.

검은 벌의 모든 주문을 피해가며 여유롭게 진격해 나가는 언노운의 포스는 가히 절대자와 비견될 만했다.

세계 10대 길드의 마법사들을 고작해야 조연, 혹은 들러리로 전락시키는 압도적인 존재감.

└와…… 무빙 실화냐?

└진짜 매드무비 미쳤다…… 지금 저 구간만 무한 돌려보기 하는 중.

└제가 현직 랭커인데 저 무빙은 말이 안 됩니다. 이건 무조건 핵입니다.

　└핵이었으면 영상을 이렇게 당당하게 공개하겠냐ㅋㅋㅋㅋ 운영자가 바로 확인할 텐데.

　└방금 문의 메일 보낸 거 공지에 떴음ㅋㅋㅋ 페가수스가 해당 영상은 핵과 무관하다고 함.

　└네 다음 입랭커.

전반부 오크 로드와의 싸움이 느릿느릿한 그라베(Grave) 템포였다면 검은 벌, 오크 주술사와의 전투는 광속과도 같은 포르티시모(Prestissimo) 템포.

두 전투의 속도감은 비교도 할 수 없을 정도로 큰 차이가 났다.

순식간에 검은 벌 길드원들이 모두 사망하고, 본격적으로 이어진 건 영상의 클라이맥스.

다름 아닌 오크 주술사와 서로의 공격을 주고받으며 이어지는 난타전.

　└우오오오! 언노운 이 녀석, 뭔가 치졸한 놈인 줄 알았는데 상남자

였잖아?

　└이 말 하자마자 스킬 피함ㅋㅋㅋㅋㅋ

　└저 칼날이 회전하는 스킬은 뭐지? 저번 영상에선 보여주지 않았던건데.

　└오늘 보고 확신함. 저번에 실력을 전부 드러낸 게 아님. 단기간에 실력이 이렇게 늘어날 리가.

　└그 말은 아직도 숨겨놓은 밑천이 있을 수 있다는 소리네?

　└듣고 보니 좀 소름이다. 얼마 전에 쥐들의 왕국 랭킹 갱신됐을 때 언노운 레벨은 68이었음.

　└그때랑 글렌데일 토벌대랑 날짜가 크게 차이 나지 않으니……이 영상 찍을 때도 비슷하겠네?

　└60레벨 후반에 보스 레이드 몬스터 두 마리랑 검은 벌까지 몰살! 트리플 킬 달성!ㅋㅋ

영상이 끝났는데도 커뮤니티와 채팅창은 언노운의 이야기로 도배가 되었다. 심지어 영상을 2회, 3회차까지 보며 언노운의 움직임을 분석하는 사람들까지 생겨났다.

"어떠십니까?"

보이드는 마치 시험에서 100점을 맞고 부모님의 칭찬을 바라는 아이처럼 물었다. 하지만 언노운의 신작은 그가 원하는 반응을 이끌어내기에 조금, 아니, 많이 부족했다.

"재미있네."

"그게…… 답니까?"

"흥미롭고."

"아니, 그런 단촐한 감상 말고요."

"뭐가 더 필요해?"

설은영이 불만스러운 표정을 지으며 보이드를 지그시 노려봤다. 이에 어이가 없어진 보이드는 제 볼을 꼬집어보더니 인상을 찌푸렸다.

"아야, 아픈 거 보니 꿈은 아닌데…… 저기 마스터. 얘 영입 안 하세요?"

"영입?"

눈을 몇 차례 깜빡인 설은영은 영상이 끝나 흑색으로 가득 찬 화면을 보더니 고개를 저었다.

"언노운의 영입은 없어."

"대체…… 왜죠?"

보이드가 믿을 수 없다는 표정으로 되물었다.

인재를 좋아하는 설은영이 이 정도의 원석을 지나치는 건, 상식적으로 불가능했으니까.

"저번의 언제였지? 아! 세계 10대 길드에서 유망주 프로젝트 돌리고 있다는 거 확인하셨을 때! 그때 말씀하셨잖아요? 저희도 유망주 팀 꾸리겠다고. 언노운 정도면 유망주 중에서는 최고 수준의 원석인데요?"

"물론 언노운의 센스는 인정해. 쇼맨십도 강하고, 스타성도 있어."

"그런데요?"

"천화의 이름을 달기에는 부족해."

단호한 설은영의 말투에 보이드는 이해할 수 없다는 목소리로 되물었다.

"혹시 레벨을 말씀하시는 거라면…… 마스터, 혹시 처음 유하린을 만났을 때 기억나십니까? 그때 유하린의 레벨은 15였거든요? 그런데 영입 못 해서 안달 나셨었잖아요?"

"말 똑바로 해. 난 안달 내지 않아. 그리고 유하린이라고?"

영입에 실패한 대상 중 가장 아끼는 대상을 거론 당한 설은영은 약간 화난 음성으로 보이드를 꾸짖었다.

"비교할 걸 비교해. 유하린은 처음 나타났을 때부터 마스터피스였어. 이미 완성된 상태였다고. 그녀가 랭커가 될 거라는 건 어차피 기정사실이었고. 중요한 건 몇 위까지 올라가느냐가 문제였지."

잘될 줄은 알았지만 설마하니 1위까지 올라갈 줄은 그 누구도 몰랐다. 그녀가 초보자 필드에서 두각을 나타냈을 때 좀 더 크게 배팅해 볼걸…….

그 생각은 항상 설은영의 머릿속을 맴돌며 진한 아쉬움을 남겼다.

"그리고 가장 큰 문제는 언노운의 플레이에 명확한 한계점이 보인다는 거야."

"아…… 역시 전투 스타일 때문에 그러는 건가요?"

그에 대한 바는 보이드 또한 느끼고 있는지, 그의 입에서는 자연스럽게 설명이 흘러나왔다.

"확실히 공격이 너무 단순해요. 상대의 공격을 읽고 피하는 재능은 압도적이지만……."

"공격력도 빈약해. 척 보기에도 기사 클래스 같은데, 60레벨 후반에 겨우 저 정도 실력을 쌓았다? 재능은 있을지 몰라도 노력은 안 하는 스타일이겠지. 본인의 재능에 삼켜진 전형적인 케이스야. 저대로는 잘돼 봐야 랭킹 1,000위 전후에서 놀 거야."

"윽……."

설은영의 쓰디쓴 혹평에 보이드가 찔끔하며 뒤로 물러섰다. 그가 보기에도 언노운의 재능은 상당했지만, 그건 루키의 기준으로 봤을 때였다.

'60레벨 후반이면, 솔직히 초보자 티는 벗었다고 봐야지.'

언노운이 게임 플레이를 대체 어떻게 했는지는 모르겠지만, 저 정도 레벨에 저 정도 재능이라면…….

'음, 그래도 내 기준에서는 여전히 상위권이지만.'

슬쩍.

보이드는 바늘 하나 들어갈 것 같지 않은 설은영의 새하얀 피부를 쳐다봤다.

'마스터의 성에 찰 정도는 아닌가 보군.'

무언가 불만족스러운 보이드의 눈빛을 읽은 설은영은 대번에 미간을 찌푸렸다.

"할 말 있으면 해."

"아뇨. 뭐 할 말이라기보다는…… 그래도 미래는 모르지 않습니까? 저만해도 게으르잖아요?"

"넌 재능이 압도적이잖아."

"그, 그렇게 칭찬하셔도 나오는 건 없는데요, 아가씨……."

"마스터."

보이드의 입꼬리가 순식간에 씰룩거렸다.

그의 말도 맞고, 설은영의 말도 맞았다.

기본적으로 보이드라는 사람은 빈둥대기를 좋아하는 글러 먹은 인간이었지만, 게임에 대한 재능은 압도적이었고, 특히 마법이라는 개념과 놀랍도록 잘 어우러졌으니까.

"크흠. 마스터. 그래도 언노운의 경우는 뭐랄까…… 성장폭이 되게 크단 말이죠. 첫 번째 영상이랑 두 번째 영상에서의 실력 차이도 정말 말도 안 되거든요."

"첫 번째 영상 내놔."

"잠시만요⋯⋯ 여깄네요. 저장해놓은 거."

곧장 보이드가 띄운 첫 번째 영상을 시청한 설은영이 고개를 살짝 까딱였다.

"늘었네. 하지만 근본적인 문제는 변하지 않았지."

"만약 다음번 신작에서 그 단점을 극복한다면요?"

잠시 골똘히 고민하던 설은영이 입을 열었다.

"언노운과 검은 벌. 지금 이 두 개를 저울 위에 올리면 무게추는 한쪽으로 기울어."

"당연히 검은 벌 쪽이겠죠?"

"그래. 검은 벌 길드와 전면전을 벌이는 피해를 감수하면서까지 품을 만한 가치? 없어."

"하지만 만약 새로운 영상에서 확 달라진 모습을 보여준다면요?"

"자세한 건 영상을 봐야겠지만, 내 마음에 들 정도의 재능을 보여준다면⋯⋯."

설은영이 다시 한번 미간을 찌푸리며 보이드를 노려봤다.

결국 자신이 이 말을 해야 하냐고, 그런 눈빛을 보낸 그녀는 마침내 고개를 돌리며 말했다.

"그때는 데려와야지. 천화의 이름을 달 수 있는 건 최고뿐이니까."

"그 최고라는 천화는 세계 10대 길드에 들지도 못했는데……."

"뭐?"

"아뇨. 혼잣말입니다. 혼잣말."

어색한 웃음을 남긴 보이드는 묘한 기대가 섞인 눈빛으로 흑색 화면을 쳐다봤다.

'난 최선을 다했다. 언노운.'

한 번쯤은 같이 일해보고 싶은 재미있는 사람, 보이드는 언노운을 그런 식으로 생각하고 있었다.

　└와, 이번 영상 대체 뭐냐?

　└빨았다. 언노운이 약 한 사발 거하게 빨고 사고 쳤다!

　└레이드 보스 몬스터, 무려 1+1 행사 중!

　　└거기다가 검은 별 녀석들은 특별 덤! 이 기회를 놓치지 마세요!

커뮤니티의 유저들은 폭발했다, 부정적인 뜻이 아니라 긍정적인 방향으로.

지금 온갖 게시판과 채팅창의 분위기는 그야말로 열광의 도가니.

아무 말 대잔치를 벌이는 유저들을 쳐다보던 카이가 중얼거렸다.

"진짜, 화끈하게 터지네."

멍한 표정으로 새로고침을 할 때마다, 후원금 항목의 숫자가 십만 단위로 올라가고 있었다.

'업로드한 지 고작 두 시간 만에 대체 얼마가 들어온 거야?'

카이가 이번 영상을 편집하기 위해 지불한 비용은 무려 500만 원. 하지만 그 비용은 업로드 개시 후 23분 만에 모두 회수했다. 아니, 정확히 말하자면 그 두 배에 달하는 1,000만 원이라는 돈이 23분, 그러니까 사람들이 영상을 한 번 시청한 이후에 즉각적으로 들어온 것이다.

'참교육 영상 때의 데이터를 토대로 계산해 보면……'

첫 작품은 볼품없는 편집 실력에도 불구하고 여태까지 900만 원이라는 돈을 그의 손에 안겨주었다.

심지어 오늘 아침까지도 후원금이 몇만 원씩 계속 들어오던 중이었고.

그렇다면 이번 죽음의 술래잡기 영상은?

'못해도 수천, 아니, 억까지도 넘볼 수 있겠어.'

이쯤 되니 카이에게도 살짝 욕심이 생겼다.

'그리고 보니 스폰서 제안 쪽지도 굉장히 많은데……'

참교육 영상 때 이후로 쌓인 쪽지만 2천 통이 넘었다.

개중에는 대장장이나 재봉사들이 보낸 쪽지들도 있었다.

그들은 자신들이 만든 장비를 후원해 줄 테니 그것들을 입고 영상을 찍어줄 것을 원했다. 당연한 말이지만 카이는 그 쪽지들을 거들떠보지도 않았다.

'지금 내 장비도 그렇게 꿀리지 않거든!'

'굳이 그렇게까지?'라는 생각이 가장 먼저 드는 게 사실이다.

'애초에 연락하는 사람이 많아지면 정체가 발각될 위험도 커져.'

지금 언노운인 자신과 다이렉트로 연락을 할 수 있는 사람은 단 한 명뿐이었다.

바로 아리스라 불리는, 인터넷 방송인 하나만이 자신의 가상 메시지 아이디를 알고 있다. 다행히 그녀는 인터뷰 날짜를 정하면 말해달라는 말 이후로 한 번도 말을 걸지 않았다.

카이로서는 정말 다행인 셈이었다.

'귀찮게 하지 않아서 좋아. 하지만 모든 사람이 그녀 같으리라는 보장은 없지. 접촉은 피한다.'

고개를 돌린 카이의 시야로는 길드 쪽에서 온 쪽지들도 보였다. 당연한 말이지만 언노운의 길드 가입 권유가 주목적이었다.

개중에는 이름만 들어도 알 만한 국내 길드들도 있었다.

'물론 아직 10대 길드처럼 덩치 큰 곳에서는 없지만.'

그리고 가장 중요한 쪽지들은 바로 스폰서 제안을 하는 곳들이었다.

　주로 발신자는 기업이나 스트리밍 사이트였다. 개중에는 아메리카TV나 티위치, 뮤튜브 같은 곳도 있었다.

　'이 중에서 한 곳과 계약을 하면 벌어들이는 돈은 더 많아질 거야. 하지만……'

　그렇게 되면 주기적으로 영상을 공급해줘야 한다.

　잠시 고민을 하던 카이는 고개를 내저었다.

　'관두자. 돈이 그리 급한 것도 아니니까.'

　강압적으로 뭔가를 만들어야 한다는 기분이 자신의 목을 조를 수도 있겠다는 생각이 들었다. 지금처럼 편하게 게임을 플레이하면서 자신이 생각해도 영상이 잘 뽑혔다는 생각이 들 때, 그때야말로 언노운이 신작을 들고 나타나는 시기가 될 것이다.

　'그러고 보니 인터뷰 취재도 더 들어왔네.'

　[제목 : 안녕하세요, TBM방송국입니다.]

　[제목 : BJ아리랑입니다. 실례가 안 된다면 언노운 님과의 인터뷰를……]

　[제목 : 게이머들의 채널, 온게임즈입니다……]

　…….

이번에는 개인 방송인뿐만 아니라, 각종 방송국에서도 쪽지를 보내왔다.

'방송을 나가면 광고 효과야 확실하겠지만, 지금은 아니야.'

지난번, 참교육 영상을 올린 후에 깨달았다.

지금은 더욱더 발톱을 감추고 힘을 키워야 할 때라고.

물론 그때보다는 고지에 가까워졌다는 느낌이 든다.

'하지만 조금 더 이후에…… 아직은 부족해.'

카이는 갑자기 목이 타는 듯한 갈증을 느꼈다.

단순히 목이 마르다는 뜻이 아니었다.

이건 강함에 대한 욕구였다.

게임의 정상에 선 이들과 나란히 경쟁할 수 있는, 압도적인 솔로 플레이어.

카이는 그러한 존재가 되고 싶었다.

26장
나가 학살자

조회 수 : 32,115,741

추천/비추천 : 4,424,154/125,710

죽음의 술래잡기 영상이 올라간 지 고작 2시간이 지났을 무렵, 영상은 인기 동영상 랭킹 1위에 올라서고야 말았다.

랭커가 아닌 이가 이 자리를 차지한 것은 이번이 최초.

그러나 정작 당사자인 카이는 입맛을 다시는 중이었다.

"쩝…… 이게 게임이었으면 스페셜 칭호라도 줬을 텐데."

인간의 욕심은 끝이 없는 법!

물론 현실에서도 보상이 아예 없지는 않았다. 칭호 대신 돈이라는 형태로 보상이 주어졌기 때문이다.

'댓글은 다 읽어보려고 했는데…… 꼴 보니 불가능하겠네.'

댓글 하나를 읽는 사이 수십 개가 더 달린다.

영원히 끝나지 않는 복도를 달리는 기분이 이러할까.

'내 작품이지만 성적 하나는 진짜 끝내준다니까.'

조회 수에 비해 높은 추천과 현저하게 낮은 비추천 수.

커뮤니티의 모두가 자신에 대해서만 떠들어대는 것을 확인한 카이는 기분 좋은 마음으로 인터넷 창을 껐다.

"자, 감상은 여기까지."

이 정도면 충분하다. 영상이 대박을 쳤다는 것과 언노운의 브랜드 가치가 대박을 넘어 초대박을 쳤다는 것. 그리고 통장 잔액이 초당 십만 단위로 껑충껑충 뛰고 있다.

'그럼 이제 잊는다.'

어차피 죽음의 술래잡기는 카이의 입장에서 지나간 과거다. 다른 이라면 이 과거를 며칠 동안 붙들고 늘어지며 행복해할 수도 있을 것이다. 하지만 카이라면, 위를 향하는 자라면 그런 식으로 시간을 낭비해서는 안 되었다.

'일단 사이러스부터 만나볼까.'

사이러스에게 찾아간 카이는 자신의 고민을 이야기했다.

"물속에서 숨을 쉴 방법 말입니까? 흐음……."

자신의 샥스핀를 쓰다듬으며 고민하던 사이러스가 고개를 끄덕였다.

"좋습니다. 그 부분은 제가 해결해 드리겠습니다."

"방법이 있는 겁니까?"

"예. 영구적인 방법은 아니지만 해결을 못 할 정도는 아닙니다. 혹시 마법의 소라고둥이라는 물건을 아십니까?"

"처음 들어보네요."

카이가 고개를 내젓자 사이러스가 희미한 미소를 띄웠다.

"왕실의 가보 중 하나입니다. 그래서 완전히 드릴 수는 없지만, 이번 일이 끝날 때까지 대여할 수는 있습니다."

"감사합니다. 그럼 그 마법의 소라고둥이라는 물건을 들고 있으면 숨을 쉴 수 있는 건가요?"

"그건 아닙니다. 음…… 쉽게 설명하자면, 제가 지금 카이님에게 물속에서 숨을 쉴 수 있도록 마법을 걸어도 지속 시간은 최장 3일 정도일 겁니다."

"그렇군요."

"하지만 마법의 소라고둥을 사용하게 된다면, 이 기간을 최대 일주일까지 늘릴 수 있습니다."

"오오……!"

획기적인 아이템이 아닌가? 하지만 사람의 말은 끝까지 들어야 하는 법, 사이러스가 애매한 표정으로 말을 덧붙였다.

"하지만 주의하셔야 할 점이 있습니다. 절대 이 부분을 잊으시면 안 됩니다."

"그렇게 겁주시니 무섭네요. 대체 뭡니까?"

"어떤 마법의 기간이 늘어날지는 마법의 소라고둥만이 알고 있다는 점입니다."

"그…… 말은?"

"예, 한 마디로 무작위라는 뜻이죠."

한마디로 어떤 버프 스킬의 지속 시간이 늘어날지는 랜덤이라는 뜻이다. 카이의 표정이 심각해지자, 사이러스가 빙그레 미소를 지었다.

"하하, 너무 걱정하지 마십시오. 해결법이 있으니 이 방법을 추천해 드리는 겁니다."

"휴, 전 또…… 해결법은 뭡니까?"

"숨쉬기 마법만을 몸에 두른 채 마법의 소라고둥을 사용하시는 겁니다."

"그러니까…… 선택지를 하나로 만들고 사용하면 된다, 이 뜻인가요?"

"역시 이해가 빠르시군요. 맞습니다. 지속 중인 버프가 숨쉬기 마법 하나라면 당연히 숨쉬기 마법의 지속 시간이 늘어날 겁니다."

"그럼 큰 문제는 없겠네요."

카이를 안심시킨 사이러스는 잠시 방을 나서더니, 마법의 소라고둥을 들고 나타났다.

푸른 방석 위에 올려진 성인 남성 주먹 두 개 정도 크기의 새하얀 소라고둥은 우아한 자태를 뽐내고 있었다.

"아이템 감정."

[마법의 소라고둥]
등급 : 유니크
[특수 효과]
사용 시 사용자에게 적용된 버프 중 하나의 지속 시간을 1, 3, 5, 7일만큼 늘려준다.(재사용 대기시간 30일.)

"윽……."

카이가 눈살을 찌푸렸다.

'지속 시간을 늘려주는 버프의 종류만 랜덤인 줄 알았는데…… 연장되는 시간까지 랜덤이라고?'

떨쳐냈다고 생각했던 불안감이 다시금 스멀스멀 기어 올라왔다.

'아무래도 이건 육지에 한 번 나가야겠는데.'

돈을 좀 쓰더라도, 행운 스탯 관련 포션과 아이템을 사야 할 필요성이 느껴졌다.

혹여 지속 시간이 1일밖에 늘어나지 않는다면 여러모로 애로사항이 꽃필 테니까.

"왕실의 보물이니 분실하지 않게 조심해 주시길 바랍니다."

"예, 최대한 조심스럽게 다루겠습니다."

인벤토리에 보관만 할 생각이니 큰 문제는 없으리라.

"아, 그리고 나가족의 위치를 알려주시겠어요? 아무래도 조만간 찾아갈 듯싶네요."

"오오, 드디어 가시는 겁니까!"

주먹을 불끈 쥔 사이러스가 눈에 띄게 기뻐하며 지도 한 장을 내밀었다.

"그 말씀만을 기다리고 있었습니다. 혹시…… 인어족의 전사들이 필요하십니까?"

"아니요. 혼자 가겠습니다."

카이는 고개를 흔들었다.

물론 인어족 전사들의 도움을 받으면 던전을 공략이 한층 쉬워질 것이 당연하다.

'하지만 나는 아직 전투 중에 남을 지켜줄 여유가 없어.'

인어들이 무빙 캐스팅이라는 혁신적인 기술을 가지고 있음에도 불구하고 전쟁에서 지는 이유는 단 하나뿐이다. 우선 기술을 배우기가 까다롭고, 근접 무기 기술도 함께 수련해야 하기 때문이다. 그래서 두 가지 기술 모두에 숙련된 인어족 전사는 많지 않았다.

반면에 나가들은 새끼들을 한 번에 많이 낳고, 부화도 빨리 되는 편, 머릿수부터 상대가 되지 않는다는 소리였다.

'역시 혼자가 나아. 여차하면 도망칠 수 있으니까.'

만약 인어족의 전사들이 몰살이라도 당하면 이들을 볼 낯이 없다.

그런 카이의 생각을 이해한 사이러스의 눈동자에 감사의 마음이 담겼다.

"배려에 감사드립니다."

"아니요. 저야말로 이런저런 도움을 받아서 죄송하죠."

"그 부분에 대해 죄송함을 느끼진 마시길. 혹여 더 도와드릴 일은 없습니까?"

"혹시 가능하다면 육지에 한 번 다녀와도 될까요?"

"육지에 말입니까? 혹여 불편하신 점이라도……?"

"그런 건 아니지만 던전을 공략하기 전에 준비해야 할 물품들이 있어서요."

"음…… 그런 거라면 어쩔 수 없지요. 그렇다면 귀환을 하고 싶으실 때는 이 구슬을 깨뜨려주십시오."

"일종의 귀환 주문서로군요. 감사히 받겠습니다."

구슬을 인벤토리에 갈무리한 카이는 사이러스의 텔레포트 마법을 통해 순식간에 아쿠에리아로 이동했다.

'마법의 소라고둥. 내가 아주 제대로 사용해 주지.'

비상한 카이의 잔머리는 이미 사용법까지 모두 구상한 상태.

육지로 올라온 카이는 사제복으로 갈아입고 곧장 경매장으로 향했다.

그곳에서 집중적으로 검색한 아이템은 대부분 행운과 관련된 아이템이었다.

[행운의 물약 LV. 5]

5분 동안 행운이 30 증가합니다.

[럭키 가이의 모자]

등급 : 매직

방어력 14

행운 + 5

……

머리부터 발끝까지 행운 스탯에 관련된 아이템을 풀 세팅한 카이는 그 과정에서 300만 원이 들었지만 아깝다는 생각은 전혀 없었다.

왜냐하면, 지금의 카이는 만수르라도 된 것 같은 기분을 만

끽하는 중이었으니까.

'초마다 몇만 원씩 계속 후원금이 들어오고 있단 말이지.'

홀가분한 마음으로 경매장을 나선 카이가 향한 곳은 다름 아닌 연금술 길드, 항상 매캐하고 쓰디쓴 냄새가 코를 파고드는 장소.

이 냄새 때문에 연금술 길드로의 방문을 꺼리는 이들까지 있을 정도였다. 하지만 이를 무시한 카이는 곧장 카운터로 다가가 골드 주머니를 꺼내며 당당히 요구했다.

"인내의 영약 주십시오. 21골드 60실버어치."

인내의 영약은 유저들 사이에서는 진통제라 불리는 연금술 길드의 독보적인 히트 상품이다.

한 병을 복용하면 지속 시간인 1시간 동안 고통이 크게 줄어드는 영약. 그래서 몬스터에게 맞는 걸 무서워하는 유저나 여성들이 주로 찾았다.

'이 조그마한 게 한 병에 만 원인가.'

카이가 인벤토리에 담긴 216병의 영약을 보며 쓴웃음을 지었다.

던전의 최초 발견 보상은 현실 시간으로 3일, 게임 시간으로는 9일이다.

'일이 잘 풀려서 마법의 소라고둥이 지속 시간 연장을 7일짜리로 뽑아준다면……'

던전을 공략하는 내내 고통 경감 효과를 얻을 수 있다는 뜻.

사이러스가 건네준 귀환의 수정 구슬을 이용해 아쿠아베라로 돌아온 카이는 지체하지 않고 그를 찾아갔다.

"벌써 오셨습니까?"

카이가 육지로 향한 지 1시간 만에 귀환하자, 사이러스가 고개를 갸웃거렸다.

"그런데 표정이 왜 그렇게 불편해 보이시는…… 아!"

육지에서 돌아온 카이가 물속에서는 숨을 쉴 수 없다는 것을 깨달은 사이러스는 재빨리 그에게 마법을 걸어줬다.

"휴우…… 감사합니다."

"이런, 알아차리는 게 늦어서 죄송합니다."

머리를 긁적거리며 사과를 한 사이러스에게, 카이는 씨익 미소를 지어 보였다.

"방금 걸어주신 마법. 3일은 가겠죠?"

"예."

"혹시 지상의 이런 말씀 들어보셨나요? 쇠뿔도 단김에 빼는 것이 좋다는."

"못 들어봤습니다만…… 지금 그런 말씀을 하시는 이유는, 설마?"

"예. 지금 바로 출발하겠습니다."

카이의 갑작스러운 통보에 사이러스가 우려 섞인 표정으로 되물었다.

"정말 괜찮으십니까? 저희는 아직 시간적 여유가 있으니 충분한 준비를 하신 후에 가서도 괜찮습니다."

"지체할 이유가 없어졌습니다. 왕자님께서 건네주신 마법의 소라고둥 덕분에요."

"……?"

카이는 고개를 갸웃거리는 사이러스를 보며 낮은 웃음을 흘렸다.

"그럼 다녀오겠습니다."

"휴우, 이미 결정을 내리신 것 같군요. 그렇다면 제가 근처까지 이동시켜 드리겠습니다."

텔레포트 게이트를 연 사이러스는 마지막까지 걱정스러운 눈빛을 보냈다.

"부디 조심하십시오. 위험하면 바로 몸을 빼시고요."

"그러겠습니다. 하지만 너무 큰 걱정은 하지 마십시오."

그럴 일은 없을 테니까.

뒷말을 삼킨 카이는 꾸벅 고개를 숙이며 텔레포트 게이트로 들어섰다.

✳

순식간에 시야가 어두워졌다. 밝은 도시와는 달리, 사방이 시커먼 심해가 카이의 가슴을 턱턱 막히게 했다.

'침착하게…….'

신성한 빛을 사용하자 주변이 그나마 밝아졌다. 심해를 유영하는 해파리 떼들도 간간이 보였다. 어둡긴 하지만 앞을 분간 못 할 정도는 아니었다.

'그리고 나가들의 둥지는…….'

따로 확인할 필요가 없었다.

"캬아악, 캬아악!"

"쿠어어!"

'아래.'

아래쪽에서 괴성을 지르며 올라오는 존재들이 있었으니까.

마치 도마뱀처럼 온몸이 비늘로 덮여 있고, 상반신은 사람이지만, 하반신은 도마뱀의 꼬리가 길게 뻗어 있는 나가들.

각자의 무기를 꼬나쥔 나가 새끼 세 마리는 침입자에게 무섭게 돌진하는 중이었다.

[나가족 새끼 전사 LV. 154]

[나가족 새끼 정찰병 LV. 141]

[나가족 새끼 척후병 LV. 137]

'역시 나가족 새끼라도 레벨은 높군.'

하지만 카이 또한 믿는 바는 있었다.

팡, 팡팡!

순식간에 두 발을 놀려 물을 밟은 카이의 신형은 아래를 향해 뚝 떨어졌다.

동시에 부릅떠지는 카이의 두 눈.

그의 시야는 자신을 덮치는 삼지창들의 궤적을 고스란히 담았다.

'피하고.'

사아아악!

바닷물을 가르며 쏘아지던 삼지창 하나가 카이의 귓불을 스치고 지나갔다.

'다시 피하고.'

펑, 퍼펑!

바닷물을 박차며 몸을 비튼 카이의 옆구리를 또 하나의 삼지창이 스치고 지나갔다.

'마지막까지 피한다.'

하지만 카이는 수중 전투의 요령을 깨달았을 뿐, 완벽하게 마스터했다고 하기에는 아직 일렀다.

그 말은 모든 공격을 피할 수 없다는 소리였다.

불행히도 카이는 마지막 삼지창을 완벽하게 피해내지 못했다. 더 불행한 것은 그것이 하필 레벨 154짜리의 나가족 새끼 전사의 공격이었다는 것이다.

[치명타 발동! 23,142의 대미지를 입었습니다.]

"커어억……!"

마치 볼펜의 끝으로 가슴을 불시에 찔린 듯한 고통!

저도 모르게 인상을 찡그리는 카이의 눈앞으로 한 줄의 알림창이 떠올랐다.

[사망하셨습니다.]

딱 한 번의 공격을 허용했는데 사망할 정도의 압도적인 공격력.

모든 플레이어는 사망하는 순간 모든 버프 상태가 해제되고 폴리곤이 되어 흩어진다.

그것은 태양의 사제인 카이라고 해도 피할 수 없는 운명, 하지만 당장에라도 폴리곤이 될 것 같던 그의 몸에서는 검붉은 색 기운이 넘실넘실 흘러나오기 시작했다.

[불사의 의지가 발동되었습니다. 죽음에 저항했습니다.]
[불사의 의지의 효과로 생명력이 전체 생명력의 1%까지 회복됩니다.]
[불사의 의지의 효과로 5초 동안 불사(不死) 상태가 되며 모든 능력치가 10% 상승합니다.]

"케켈켈!"
"구아악!"
자신들에게 무모하게 덤벼들었다가 죽음을 맞이한 카이를 비웃는 나가 새끼들, 하지만 최후에 웃는 자가 진정한 승리자라고 할 수 있다. 최후의 승리자의 표정으로 카이가 입술을 달싹거렸다.
"인벤토리 오픈, 마법의 소라고둥 사용."
카이는 자신의 손에 잡힌 마법의 소라고둥을 당장 자신의 귓가로 가져갔다. 그러자 옥구슬이 굴러가는 듯한 청량한 목소리로 알림이 흘러나왔다.

[마법의 소라고둥을 사용하시겠습니까?]

"지금 당장."

[현재 적용 중인 버프는 불사(不死) 1종입니다.]
[마법의 소라고둥 효과가 불사(不死) 버프에 적용됩니다.]
[불사(不死) 버프의 지속 시간이 5초에서 7일로 연장됩니다.]
[마법의 소라고둥은 한 달 동안 깊은 잠에 빠져듭니다.]

새하얗게 빛나던 마법의 소라고둥은 그 찬란함을 잃고 회색으로 변했다.

하지만 상관없다. 그 찬란함은 이미 카이의 얼굴 위로 옮겨 간 상태니까.

'됐다!'

불사(不死) 버프 상태의 연장!

이것이 카이가 마법의 소라고둥을 받는 즉시 떠올린 방법이었다. 성공할 수만 있다면 그야말로 버그에 가까운 힘을 뿜낼 수 있는 묘수였다. 실제로 카이는 이제 죽음이라는 가장 두려운 리스크를 벗어던졌다.

'이게 모두 행운 관련 아이템 덕분이야.'

행운 스탯이 생성조차 안 되어 있던 카이였지만, 장비와 물약의 힘으로 이를 극복했다. 고작 300만 원에 7일의 불사 버프라면, 카이는 몇 번이 되었든 지불할 생각이 있었다.

'물론 마법의 소라고둥을 사용하는 건 이번이 마지막이겠지만……'

인어족 왕실의 가보이니 그건 어쩔 수 없을 터.

카이는 진한 아쉬움을 삼키며 행운 스탯이 붙어 있는 장비들을 블루스틸 방어구로 바꿨다.

동시에 미간이 살짝 찌푸려졌다.

'하지만 예상했던 대로 이 방법에도 부작용은 있구나.'

그 부작용은 실시간으로 카이를 덮쳐왔다.

[산소가 부족하여 숨을 쉴 수 없습니다. 호흡이 가빠집니다.]

[상태 이상 '두통'에 걸렸습니다.]

[상태 이상 '호흡 곤란'에 걸렸습니다.]

바로 인간인 그는 물속에서 숨을 쉴 수 없다는 것.

사이러스가 걸어준 마법도 사망과 동시에 해제되어서 별다른 소용이 없었다.

'흠, 이건 제법……'

숨을 쉴 수 없다는 건 생각보다 훨씬 불편했다.

물론 현실에서 실제로 물속에 들어간 것처럼 고통스럽지는 않았다. 아무리 현실적이라지만 이곳은 게임, 플레이어가 심장

마비라도 걸리면 안 되기에 안전장치는 있는 것이다.

'숨 쉬는 게 힘들긴 하네.'

평상시의 호흡이 가벼운 공기를 마시는 기분이었다면, 지금은 납이나 철을 들이마시는 것처럼 무겁고 답답했다.

굳이 비유하자면 한쪽 코가 막힌 상태에서 숨을 쉬는 듯한 기분이랄까?

물론 카이는 이에 따른 대비책 또한 마련한 상태였다.

[인내의 영약을 복용하겠습니까?]

'그래.'

[1시간 동안 모든 종류의 고통이 큰 폭으로 경감됩니다.]

흔히 진통제라 부르는 연금술 길드의 약을 사용하자마자 이따금 머리를 콕콕 찌르던 두통과 가슴과 코를 답답하게 하던 호흡 곤란 증세가 말끔하게 사라졌다.

'후우, 이제야 좀 살겠네.'

심해 속이지만 마치 제집 안방처럼 쾌적한 기분이다.

카이는 자신의 몸 주변으로 뿜어져 나오는 검붉은색 연기를 쳐다보며 주먹을 쥐었다.

꾸우욱.

힘도 느껴지는 근육의 반발도 평소와는 다르다.

'겪어본 적은 없지만…… 마치 새로 태어난 것 같은 기분이야.'

그 모든 것이 불사 버프로 인해 모든 능력치가 10% 상승했기 때문이다.

'게다가…….'

카이의 입꼬리가 기쁨을 숨기지 못하고 승천했다.

그의 시야에 들어온 것은 다름 아닌 신성력 게이지였다.

본래라면 카이의 신성력 수치가 쓰여 있어야 할 터였지만, 지금 그곳에는 8이라는 숫자가 누워 있었다.

'불사 상태에서는 신성력과 마나가 무한이라니!'

물론 페가수스 사의 생각을 이해 못 할 것은 아니다.

불사 스킬의 본래 지속 시간은 겨우 5초, 그야말로 꺼져가는 촛불처럼 모든 것을 불사른 뒤 장렬하게 사라지라는 의도였을 터.

'하지만 이런 상태가 일주일 동안 지속되리라고는 상상도 못 했겠지.'

누가 알 수 있겠는가?

불사의 의지와 마법의 소라고둥은 모두 유니크 등급의 스킬과 아이템이다. 카이도 천운이 닿아서 두 아이템을 손에 넣었을 뿐, 본래라면 불가능했을 것이다.

'뭐, 본인들이 예상을 못 했을 뿐. 버그는 아니니까.'

서로 다른 아이템의 효과를 잘 연계했을 뿐, 절대 카이가 불법적인 일을 벌인 건 아니었다. 슬며시 목을 돌리며 넘쳐흐르는 힘을 음미하던 카이가 입을 열었다.

"자, 그럼 제대로 한 번 해보자고. 태양의 축복, 태양의 갑옷, 블레스, 성스러운 방어막."

[1시간 동안 물리 공격력과 마법 공격력, 신성 공격력이 증가합니다.]
[1시간 동안 물리 방어력과 마법 방어력이 증가합니다.]
[30분 동안 모든 스탯이 13 상승합니다.]
[성스러운 방어막이 당신을 보호합니다.]

아까 사용하지 않았던 강력한 버프들이 카이의 몸을 휘감았다. 갑자기 뒤바뀐 카이의 기세에 나가들은 조금씩 움찔거리며 서로의 얼굴만 쳐다보았다.

그들의 입장에서는 그럴 수밖에 없었다.

본래 카이의 스탯도 비정상적으로 높은데 지금은 그보다 모든 능력치가 10%나 상승했고, 신성 폭발도 상시 사용할 수 있다.

"안 오면 내가 간다."

펑, 퍼펑!

카이가 심해에서 자신만의 춤을 추었다. 하지만 파트너와 함께 파티에서 추는 고상하고 우아한 사교댄스 따위가 아니었다.

그야말로 무대 위 폭군, 같은 무대 위에 선 댄서들의 기를 질리게 하는 압도적인 춤사위.

순식간에 카이의 위치는 나가들의 머리 위에서 발아래로 이동되었다.

"키곌곌?"

"쿠아아!"

카이에게 반응조차 못 한 나가들이 고개를 갸웃거리며 몸을 돌리는 순간.

"……!"

촤아아악!

그들의 가슴에서 일제히 피가 터져 나왔다. 그리고 동시에 생명력이 10퍼센트씩 훅 줄어들었다.

'이제야 좀 할 만하네.'

무려 80레벨이나 차이 나는 고레벨 몬스터를 상대하면서 한껏 여유로운 카이.

"그아악!"

"키에엑!"

본인들이 한순간 밀렸다는 걸 인정하지 못하겠다는 뜻일

까. 나가들은 괴성을 터뜨리며 쏜살같이 돌진했다.

카이는 다시 한번 그들을 응시하며 생각했다.

'아까와 똑같이. 하지만 실수는 반복하지 말고.'

눈앞의 공격만 신경 쓰는 것이 아니라 그 뒤에 올 녀석의 공격도 동시에 예상한다.

몇 초 후에, 어느 방향으로 어떻게 공격이 다가올지, 자신의 목을 노리는지, 머리를 노리는지.

그 모든 계산이 급박한 전투 도중에 이루어져야 했다.

말로는 쉽지만 실제로 해보라 하면 대다수는 시도도 할 수 없는 고차원적인 전투 기술.

'하지만 아까와는 다르게……'

저들의 움직임에 반응할 수 있다.

그것이 결정적인 차이다.

카이는 자신의 심장을 향해 날아오는 첫 번째 삼지창을 손등으로 쳐냈다. 그와 동시에, 블루스틸 소재의 검이 나가의 목젖을 그대로 꿰뚫었다.

"쿠루룩!"

그것이 끝이 아니었다.

펑, 퍼펑!

그대로 물을 밟은 카이는 나가의 몸뚱어리를 방패 삼아 위로 솟구쳤다.

하지만 동료의 생사 따위에는 안중에도 없는 나가들은 붙잡힌 동료를 무시한 채 공격을 멈추지 않았다.

'동료 의식은 딱히 없음.'

한 가지 정보를 추가로 획득한 카이에게 더 이상은 인질이 필요치 않았다.

서걱, 서걱, 서걱!

카이는 인질로 잡고 있던 나가의 몸을 검으로 난도질했다.

순식간에 빈사 상태에 빠진 채 몸을 덜덜 떠는 녀석에게서 검을 뽑고 치워 버린 카이는 다시 물을 밟았다.

펑펑! 퍼퍼펑!

몸을 팽이처럼 회전시키며 날아오는 두 개의 삼지창을 자연스럽게 흘려보내는 동시에 그의 왼손이 심해에서는 쉽사리 볼 수 없는 밝은 빛을 뿜어냈다.

'홀리 익스플로젼!'

인어족의 비기, 무빙 캐스팅.

그 기술이 고스란히 카이의 손끝에서 발현된 것이다.

콰아아아앙!

광선이 지나간 길의 바닷물이 그대로 증발해 버린다. 물론, 그 구멍은 1초도 지나지 않아 주변의 물로 메꿔졌다.

하지만 중요한 건 그 빛을 얻어맞은 나가 한 마리가 심해 바닥에 처박혔다는 것이다. 홀리 익스플로젼이 입힌 대미지는 무려 전체 생명력의 25퍼센트 가까이 되었다.

'음. 마법 저항력이 높다고 하던데 다행히 홀리 익스플로젼으로 받는 대미지는 상당해.'

신성 주문이어서 인지, 홀리 익스플로젼은 마나로 구성된 마법과는 그 궤를 달리한다.

가장 큰 차이는 바로 신성력으로 공격 한다는 것.

나가들의 비늘이 아무리 단단하다고는 하지만, 신벌을 피할 정도로 단단하지는 못했다.

'그렇다면 파악은 이것으로 끝.'

카이는 한 가지 결론을 내리며 천천히 검을 들어 올렸다.

'더 이상 파악할 정보는 없다.'

심해의 바닥을 향해 돌진한 카이가 나가의 심장을 향해 검을 내질렀다.

"쿠아아악!"

나가가 황급히 자신의 가슴에 박힌 검을 붙잡았지만, 오히려 녀석의 손이 갈려 나갔다.

그것은 카이가 칼날 쇄도를 사용했다는 결정적인 증거.

'이번 던전 공략을 생각보다 쉽겠어.'

본래라면 공략은커녕 잡몹에게 맞아 죽어야 정상이다.

하지만 현재의 카이는 불사, 그 말은 결국 오랜 시간이 걸리더라도 승리가 약속되어 있다는 뜻이다.

세 마리의 나가가 폴리곤 덩어리로 전락하는 데에는 그리
오랜 시간이 걸리지 않았다.

[레벨이 올랐습니다.]

'경험치도 짭짤하고.'
심지어 아직 던전에는 들어가지도 않은 상태다.
둥지 밖의 나가들을 모두 처리한 카이는 곧장 심해 동굴의
입구로 향했다.
띠링!

[던전-'나가들의 산란장'을 최초로 발견했습니다.]
[게임 시간으로 9일 동안 경험치 획득률과 아이템 드랍률이
30% 증가합니다.]
[경험치 75,000을 획득합니다.]
[명성이 3,000 상승했습니다.]

카이의 예상대로 던전은 내부까지 물이 꽉 들어찬 수중 동
굴이었다.
'개미굴 형태의 던전인가.'
그것은 플레이어들이 가장 싫어하는 형태의 던전 중 하나였

다. 미로처럼 꼬인 던전의 구조로 인해 포위당할 가능성이 커 전멸의 위험이 있기 때문이다. 더군다나 개미굴 형태의 던전에는 일반적으로 적들의 개체 수가 많은 것도 한몫했다.

'호오, 한마디로 이 던전의 개체 수가 많다, 이거지?'

그것들은 모두 카이의 경험치, 그 이상도 이하도 되지 않았다. 두려움이라는 감정을 상실한 카이는 거침없이 첫 번째 굴로 들어섰다.

"크르르?"

"카가각!"

아직 부화하지 않은 나가의 알을 보살피던 새끼 나가들이 침입자를 발견하고 분노하는 것은 당연한 일. 나가 열 마리가 무기를 꼬나쥐며 달려들었다.

동시에 카이의 눈매가 초승달처럼 동그랗게 휘어졌다.

"어서 와, 불사는 처음이지?"

나가들의 산란장, 등장하는 몬스터들의 평균 레벨은 155.

수중 던전인지라 기본적인 공략도 쉽지 않을뿐더러, 등장하는 적의 수도 많다. 그렇기에 개발진들은 던전의 적정 공략 레벨을 180이상으로 상정했다.

"흐음."

물론 개발자들의 예상대로 항상 들어맞을 수는 없다. 그게 가능하다면 이 세상은 진작에 버그나 해킹 프로그램이 없는 세상이 됐을 테니까.

하지만 예상을 빗나가는 것에도 오차 범위가 있는 법.

개발자들은 정말 실력이 출중하고, 장비가 좋으며, 운까지 좋은 플레이어라면 160레벨에도 이 던전을 공략할 수 있을 것으로 생각했다.

"웃차."

71레벨.

우스갯소리로 그 레벨에 잠이 오냐는 말이 어울리는 초보도 고수도 아닌 애매한 레벨.

보통의 71레벨 유저라면 던전 근처에도 오지 못한다. 당연한 말이지만, 던전 내부에서의 사냥은 꿈도 꾸지 못한다.

서걱!

그것이 가능한 존재는 전 세계 6억 명이 넘어가는 플레이어 중, 단 한 명.

[레벨이 올랐습니다.]

카이뿐이었다.

'레벨이 진짜 미친 듯이 오르는구나.'

미드 온라인에선 플레이어가 너무 높은 레벨의 몬스터를 잡아도 경험치 페널티가 부과된다. 하지만 80레벨의 어마어마한 격차는 그 페널티를 상쇄시키기에 충분했다.

71레벨에 던전에 입장한 카이가 사흘 동안 올린 레벨만 무려 14. 남들은 아무리 빨라도 한 달 이상이 걸릴 만한 레벨을 사흘만에 올린 카이는 몹시 피곤해 보였다.

'후우, 죽겠다.'

불사 버프가 일주일이나 지속된다는 건 그에게 기회였다. 그것도 아마 두 번 다시 오지 않을 소중한 기회였기에, 카이는 버프가 지속되는 시간을 허투루 소비할 수가 없었다.

'밖에서 8시간을 자고 오면, 이곳에서는 하루가 흘러있지.'

그 시간이면 못해도 레벨을 2나 3은 올릴 수 있겠다고 생각하니 차마 잠이 오질 않았다.

그 때문에 카이는 버프가 끝나기 전까지 수면 시간을 하루 4시간으로 줄여 버렸다.

'괜찮아. 4시간 정도면 충분히 숙면이야.'

아예 잠을 자지 않는 것도 마음만 먹으면 할 수 있지만, 효율적이지가 못하다. 뇌가 원활하게 돌아가지 않으면 게임 플레이에 지장이 생기는 건 당연한 일이니까.

'일단 스탯 포인트 분배부터⋯⋯.'

12번째 굴을 막 정리하고는 생과일 주스를 마시며 만복도를 채운 카이는 스탯을 분배했다.

[카이]

[직업 : 태양의 사제]

[레벨 : 85]

[칭호 : 신의 대리자]

[생명력 : 26,000]

[신성력 : 33,000]

[능력치]

힘 : 298 / 체력 : 260

지능 : 168 / 민첩 : 166

신성 : 330 / 위엄 : 130

선행 : 93

독 저항력 +33

마법 방어력 +44%

수중에서 움직임 보정 116%

수중에서 공격력 17% 증가

불사(不死)

화려하기 짝이 없는 스탯 창!

불사 상태의 모든 능력치 10% 추가는 비단 스탯만을 의미하는 것이 아니었다. 말 그대로 카이가 지닌 모든 이로운 능력의 효과를 대폭 강화시켜 주는 것.

'내 스탯이지만 보고 있어도 말이 안 나오네.'

카이가 어이없다는 듯 웃음을 흘렸다.

위엄은 차치하고 나머지 모든 스탯의 합만 계산하더라도, 최소 레벨 200이상의 유저가 가지고 있을 만한 수치.

'그래도 아직 갈 길은 멀어.'

생과일 주스 통을 내려놓은 카이가 남은 시간을 슬쩍 쳐다봤다.

'던전의 나가들은 모두 정리가 끝났어.'

나가들의 산란장에는 총 12개의 굴이 있었다. 하지만 플레이어는 들키지만 않는다면 그 모든 굴에서 전투를 치를 필요가 없다.

하지만 카이는 일부러 던전을 돌아다녔다.

당연한 말이지만 그 모든 것은 경험치를 위함이었다.

'불사 버프의 지속 시간은 이제 4일 남아 있어.'

카이는 재빨리 계산기를 두드렸다.

'던전을 클리어하고도 시간이 남아.'

이곳의 보스가 얼마나 강할지는 모르겠으나, 잡는 데 그리 오랜 시간이 걸리지는 않을 것이다.

그렇다면 불사 버프의 지속 시간은 최대 4일 정도가 남는다는 소리다.

'4일, 그 시간 동안 무엇을 해야 가장 효과적일까……'

가장 먼저 떠오른 것은 주변의 또 다른 던전이었다. 하지만 카이가 그곳에서 얻을 수 있는 것은 기껏해야 경험치, 장기적으로 봤을 때는 절대 이득이 아니었다.

'레벨은 아무 때나 빠르게 올릴 수 있어.'

불사 상태는 곧 사라지지만, 스탯은 사라지지 않는다.

그렇다면 지금 카이에게 필요한 건, 불사 상태일 때만 할 수 있는 무언가이다. 눈을 감은 채 그것이 무엇일지 골똘히 고민하던 카이가 마침내 눈을 떴다.

'결국, 그것밖에 없겠네.'

아무리 생각해도 한 가지로 귀결되는 답안지.

결론을 내린 카이는 무기를 빼 들었다.

'우선 이곳의 보스부터 정리할까.'

[경고합니다. 보스 방에 입장하면 전투가 끝나기 전까지 로그 아웃과 귀환의 사용이 금지됩니다. 그래도 입장하겠습니까?]

"입장."

거대한 석문이 열리고, 그 사이에서는 몸이 시릴 정도로 차가운 물이 흘러나왔다.

안쪽으로 들어간 카이는 주변을 둘러볼 필요도 없이 한 존재를 감지했다.

'크다.'

여태까지 상대했던 나가 새끼들보다 못해도 세 배는 커다란 덩치, 그 육중한 체구에서 뿜어져 나오는 기세는 과연 보스라고 불리기에 부족함이 없었다.

[나가족의 둘째 왕자, 하카스 LV. 165]

'왕자인가.'

산란장은 일족의 미래라고 불러도 이상하지 않을 귀중한 장소일 것이다.

'하긴, 그런 곳의 책임자가 어중이떠중이일 리는 없겠지.'

고개를 끄덕인 카이가 무기를 빼 들자, 하카스가 샛노란 눈을 빛내며 포효했다.

"쿠와아아아아아아!"

일족의 새끼들과 자신이 이끌던 병사들을 잃은 하카스의 분노. 고요하던 물줄기가 거칠게 변하며 굽이굽이 파도를 쳤고, 카이를 강타했다.

[거친 파도에 휩쓸려 10,272의 대미지를 입었습니다.]

[불사의 의지의 효과로 죽음에 저항합니다.]

[파도에 휩쓸린 바위에 맞아 5,018의 대미지를 입었습니다.]

[불사의 의지의 효과로 죽음에 저항합니다.]

하지만 이 싸움은 처음부터 결과가 정해진 싸움.

"약속된 승리의 불사 스킬!"

카이의 몸이 총알처럼 앞으로 튀어나갔다.

하지만 하카스는 레벨도 레벨이지만 나가족의 왕자.

물속에서 그를 상대하는 데에 있어서 약간의 스탯 우위는 큰 소용이 없었다.

"크라아아악!"

하카스가 삼지창을 휘젓자 물줄기의 방향이 다시 한번 반전되었다.

"크윽!"

아무리 물속에서의 움직임이 보정되었다고는 하지만, 그게 쓰나미처럼 휘몰아치는 물속에서까지 자유롭게 움직일 수 있다는 뜻은 아니었다.

펑, 퍼펑!

겨우 물줄기를 밟으며 뒤로 떠내려가지 않게 버티고만 있을 정도였다. 지금의 카이로서는 하카스를 상대로 공격을 내뻗는다는 건 상상도 할 수 없었다.

'이런 젠장⋯⋯.'

죽지는 않지만, 상대를 죽일 수도 없다니?

억울함이 뼛속까지 사무친 카이는 답답함에 제 가슴을 쿵쿵 내려치며 소리쳤다.

"이상한 스킬 쓰지 말고 정정당당하게 승부하자!"

"⋯⋯."

불사 스킬을 두르고 있는 존재가 하는 말치고는 여러모로 비양심적인 발언!

이를 가볍게 무시한 하카스는 자신의 두꺼운 손가락을 천장에 박아넣었다.

콰드드득!

그대로 주먹을 쥐자 천장이 부서지며 바위가 흘러내렸다.

하카스가 바위를 손에 쥔 건 단순히 공기놀이가 하고 싶어서는 아닐 터. 다음 순간 그는 손에 쥐고 있던 바위들을 카이에게 던졌다.

'진짜 끝까지 비겁하구나!'

콰앙, 콰앙, 콰앙!

한 끗 차이로 바위들을 겨우겨우 피해내는 카이.

하지만 이 공격이 유효하다는 것을 깨달은 하카스는 투척을 멈추지 않았다.

'이 녀석이……!'

카이가 답답함에 아랫입술을 깨물었다. 공격을 피하는 건 어렵지 않지만, 아무것도 할 수 없는 상황 자체가 답답했다.

'전투의 흐름을 바꿔야 해.'

단 한 순간, 아주 찰나라 할지라도 좋았다. 자신의 몸이 자유로워질 수 있는 한순간이면 충분했다.

머리를 쥐어짜 내기 시작한 카이에게 쉴 새 없이 바위들이 날아들었다.

"거, 생각 좀 하자!"

무빙 캐스팅을 이용해 홀리 익스플로젼을 쏘아낸 카이.

콰과광!

바위들은 광선에 맞는 즉시 산산조각이 나버렸다.

게다가 광선이 지나간 장소의 바닷물은 그대로 증발했고, 주변의 물들이 빈 곳을 메꾸면서 물의 흐름이 잠시나마 변했다.

"……!"

그 모습을 쳐다보던 카이의 눈이 크게 뜨여졌다.

'그래, 물의 흐름!'

지금 카이가 이렇게 수모를 당하고 있는 것도 모두 물의 흐름 때문이었다.

계속해서 자신을 몰아치는 쓰나미 같은 물줄기, 그 물줄기를 거스를 수가 없어서 하카스에게 다가가지를 못하는 상황이었다.

'그 모든 건 하카스가 물을 지배하고 있기 때문이지.'

하카스는 바닷물을 자유자재로 다루는 나가 일족의 왕자.

카이는 그가 지배하는 난폭한 바다에서는 평소 속도의 반도 내질 못했다.

'하지만 이 엿 같은 물의 흐름과 그의 시야를 벗어날 수만 있다면?'

놈에게 다가갈 기회가 생긴다. 그리고 접근만 할 수 있다면 100% 이길 자신도 있었다.

'좋아. 그렇다면…… 녀석이 반응할 수 없게끔 거리부터 벌린다.'

다음 순간, 바쁘게 움직이던 카이의 두 발이 우뚝 멈췄다.

콰아아아아!

그러자 사나운 물줄기는 이때다 싶어 그의 신형을 뒤로 날려버렸다.

콰앙!

"크윽……."

뒤쪽의 바위에 등을 부딪친 카이가 짧은 신음을 토해냈다.

진통제의 효과로도 완벽히 해소되지 않는 고통에도 카이는 이미 물에 휩쓸려가는 동안에도 무빙 캐스팅을 시도했다.

시야가 빙빙 돌아가는 와중에도 주문을 완성하고야 마는 무서운 집중력!

"홀리 익스플로젼!"

콰아아아앙!

광선이 뿜어져 나오자 하카스는 공격에 대비하듯 삼지창을 치켜올렸다.

하지만 광선이 노린 건 바로 천장!

하카스가 눈을 가늘게 뜨며 무슨 꿍꿍이인지 생각하는 사이, 카이는 물을 박차며 홀리 익스플로젼이 뚫어놓은 천장의 구멍으로 쏙 들어가 버렸다.

'여기라면 놈의 시야가 닿지 않는다.'

자신이 들어온 입구를 제외하고는 삼면이 막혀 있는 공간.

그곳에서 여유롭게 숨을 돌린 카이의 왼손이 다시 한번 빛났다.

'하카스의 위치가…… 대충 저쯤이었지?'

카이는 망설임 없이 손가락 방아쇠를 당겼다.

콰아아앙!

압도적인 파괴력을 뿜내며 나아가는 홀리 익스플로젼.

천장에서 느닷없이 백색 광선이 쏟아지자, 하카스는 삼지창을 휘둘러 공격을 튕겨냈다.

"……!"

코웃음을 치며 고개를 돌린 순간, 인간의 모습이 시야를 가득 메웠다.

인간이 왜 여기 있는지에 의문이 사라지기도 전에, 그의 이마로 검이 날아들었다.

"칼날 쇄도!"

쩌저저저정!

"그뤄아아아악!"

인어족이 그토록 뚫고 싶어 하던, 그들을 좌절시킨 두껍고 단단한 나가족 왕자의 비늘.

'뚫려라!'

콰득!

회전하는 칼날은 하카스의 단단한 비늘에 실금을 만들어냈다.

하지만 딱 거기까지였다. 어느새 회전력을 잃은 칼날 쇄도는 그 이상을 뚫지 못했다.

"크크게렉."

안도의 한숨을 내쉰 하카스가 뒤늦게 비웃음을 짓는 순간, 카이는 왼손을 쫙 펼치며 검 손잡이를 꾸욱 눌렀다.

"아직 한 발 남았다."

굉음과 함께 쏟아지는 백색 광선, 홀리 익스플로전의 힘이 검을 내리눌렀고.

쩌저저적!

비늘에 나 있던 실금은 걷잡을 수 없을 만큼 넓게 퍼지기 시작했다.

데굴데굴.

하카스 눈동자가 어쩔 줄 모르겠다는 듯 좌우로 굴러다녔다.

하지만 그가 할 수 있는 것이라곤 자신의 비늘이 언제나처럼 버텨주기를 기도하는 것뿐.

'미안하지만, 넌 글렀어.'

자신의 재능만 믿고 안주하는 자는 절대 노력하고, 연구하며, 생각하는 자를 뛰어넘지 못한다.

그것이 카이가 지난 22년의 인생을 겪으며 내린 결론.

쩌저저저적, 푸욱!

인어족이 언제나 꿰뚫기를 갈망하던 나가족의 비늘이 카이에 의해 시원하게 뚫려 버렸다.

"캬아악, 캬아아아아악!"

수십 년 만에 느껴보는 압도적인 고통에 비명을 지르는 하카스, 그는 고통에서 벗어나기 위해 몸을 뒤흔들었다.

"놓칠 순 없지."

쫘아악.

두 손으로 검의 손잡이를 꽉 쥔 카이는 두 다리로 녀석의 두꺼운 목을 그대로 조였다.

콰아아아, 콰콰콰콰쾈!

하카스의 통제하에 놓인 물줄기들은 카이를 떨쳐내고자 거칠게 휘몰아쳤다.

'하지만 이미 늦었다.'

카이의 검은 이미 녀석의 이마에 박혀 있었다.

"칼날 쇄도, 칼날 쇄도, 칼날 쇄도!"

"끼르아아아아아악!"

바다의 지배자 중 하나인 하카스가 폴리곤이 되는 데까지 걸린 시간은 고작 15분 남짓이었다.

[나가족의 둘째 왕자, 하카스를 처치했습니다.]

[경험치 1,472,000을 획득합니다.]

[레벨이 올랐습니다.]×3

[스탯 포인트를 15개 획득합니다.]

[나가족의 왕자인 하카스를 단독으로 처치했습니다. 명성이 17,000 증가합니다.]

[스페셜 칭호, '나가족의 원수'를 획득합니다.]

"후우."

이제는 제법 자주 봤기에 꽤 무덤덤한, 하지만 여전히 가슴을 설레게 하는 메시지들이 떠올랐다.

'경험치 바가 초반이었는데 레벨이 세 개나 더 오르다니……
하카스. 당신은 대체……!'

기쁨을 감추지 못하는 카이의 신형은 점점 수면 아래로 내
려갔다.

쏴아아아아.

공략이 완료되는 순간 던전을 가득 채우고 있던 물이 어디
론가 배출되었기 때문이다.

"후아."

게임에서는 정말 오랜만에 호흡이라는 것을 해본 카이는 상
쾌한 표정으로 걸음을 옮겼다.

'자, 호랑이는 죽어서 가죽을 남긴다는데, 나가는 뭘 남기셨
을까나?'

비록 지금은 폴리곤 덩어리가 되었다지만 하카스는 생전에
나가족의 둘째 왕자였던 몸. 당연히 아이템도 대단할 것이 분
명했다.

깡!

바닥에 소환된 상자를 발로 힘껏 차자 뚜껑이 열렸다. 고개
를 내밀어 안쪽을 들여다본 카이의 표정이 환해졌다.

녹색으로 반짝이는 커다란 비늘 뭉치와 삼지창, 그리고 금
으로 만들어진 액세서리들로 상자안이 가득 차 있었다.

"비늘을 남기셨네."

[하카스의 비늘x100]

등급 : 유니크

설명 : 나가 왕족만이 지닌 단단하고 아름다운 비늘입니다. 장비로 가공하면 높은 마법 저항력이 부여된 장비가 제작됩니다.

'이 정도면……'

거대한 몸집을 자랑하던 하카스가 지니고 있던 비늘에 비하면 너무 적은 양이지만, 충분하다.

잠시 견적을 뽑아본 카이가 고개를 힘차게 끄덕였다.

'그럭저럭 만들 수 있겠어. 세트 아이템.'

안 그래도 슬슬 방어구를 바꿔줘야겠다는 생각이 들던 참이었다. 칠흑의 원한은 좋은 세트 아이템이지만, 착용 제한이 50레벨이라서 지금 사용하기에는 부족한 감이 있었다.

'이제 내 레벨도 88이니 슬슬 방어구 물갈이를 해줄 때가 되긴 했어.'

미드 온라인에서 방어구란 단순한 도구가 아니었다.

장비의 등급이나 종류에 따라서는 플레이어의 실력을 100% 너머까지 끌어내는 필수불가결한 존재이기 때문이다.

'높은 성능의 장비는 플레이어의 실력을 이끌어내지만, 반대로 낮은 성능의 장비는 플레이어의 발목을 잡는다.'

카이 같은 경우가 후자에 속했다.

지금까지는 압도적으로 뛰어난 칠흑의 원한 세트에 힘입어 아슬아슬하게 버텨왔다. 하지만 이제 90레벨을 목전에 두고 있는 지금, 카이는 새로운 장비의 필요성을 느꼈다.

'사람들이 괜히 수백, 수천만 원씩 지르는 게 아니지.'

더 강해지기 위해서, 자신의 실력을 더 높이기 위해서 고급 장비를 구매하는 것이다.

카이는 자신이 입고 있는 블루스틸 장비를 흘깃 쳐다봤다.

'블루스틸 장비를 지상에서 사용하기는 좀 그렇고.'

블루스틸 장비의 옵션은 수중에서의 전투에 초점이 맞춰져 있다. 물론 세 개의 보석 장신구 세트는 지상에서도 계속 사용하겠지만, 다른 방어구는 아니었다.

'이 비늘을 들고 오랜만에 솔리드에게 찾아가야겠어.'

현재 자신이 알고 있는 최고의 대장장이는 다름 아닌 그였으니까. 게다가 호감도도 높은 상태이니 좋은 품질의 장비를 만들어 줄 것이 분명했다.

"다음 물건은 삼지창인가."

하카스가 사용하던 삼지창은 적당한 레어 아이템이었다.

'삼지창이면 창술을 사용하는 유저들이 사용하는 무기이니 적당한 값에 팔리겠어.'

다음으로 살펴본 금으로 만들어진 장신구들은 하나같이 예술품들뿐이었다.

'그렇군. 이곳은 깊은 심해니까 골드 대신 이걸 보상으로 넣어준 거구나.'

생각을 마친 카이는 마지막으로 상자 안의 조그마한 구슬을 집어 들었다.

"역시 있구나. 어둠의 정수 조각."

이것이 무엇인지에 대해서는 물의 현자 타르달이 설명해 줄 것이다. 하지만 그 퀘스트의 제한 시간은 아직 일주일도 더 남아 있다.

불사 효과가 적용 중인 지금 퀘스트를 완료할 이유는 어디에도 없었다.

'그럼 우선 장치부터 파괴할까.'

주변을 두리번거리던 카이의 시선이 한 곳에서 멈췄다.

"……이건가?"

보스방의 한쪽 벽면을 모두 차지한 거대한 마법진.

방에 물이 가득 차 있을 때는 미처 눈치를 채지 못했다.

하지만 물이 모두 빠져나간 지금, 마법진이 새겨진 벽면은 쉽게 지나치기 힘든 인상을 강렬하게 내뿜고 있었다.

'내 추측대로라면 이것이 아쿠아베라의 위치를 파악하는 장치겠지.'

예상이 맞는지, 아닌지는 확인해 보면 될 일.

벽 앞으로 다가간 카이는 망설임 없이 검을 뽑았다.

콰드득!

벽이 절반으로 갈라지자 마법진이 빛을 잃는 동시에 동시에 메시지가 떠올랐다.

[아쿠아베라의 위치를 탐색하던 마법진이 파괴되었습니다.]

'맞구나.'

이걸로 해야 할 일을 모두 마친 카이는 새롭게 얻은 칭호의 효과를 살펴봤다.

[나가족의 원수]

등급 : 스페셜

내용 : 고귀한 혈통을 지닌 나가를 처치한 모험가에게 주는 칭호.

[효과]

모든 스탯 +5

나가족을 상대할 때 공격력 5% 증가.

수중에서의 움직임 보정 +50%.

나가족으로부터 항상 최상급의 어그로 수치를 획득.

(이 효과는 칭호를 착용하지 않아도 적용됩니다.)

'좋네.'

역시 165레벨의 보스 몬스터가 뱉어낸 스페셜 칭호는 역시 좋았다. 나가족과 원수가 되었다지만, 그건 하카스를 해치운 순간부터 예견된 미래였다.

'나가들은 이제 나만 보면 미친 듯이 달려든다는 소리인가?'

큰 상관은 없었다. 어차피 곧 아쿠아베라를 떠나면 나가는 만나고 싶어도 만날 수 없는 몬스터니까.

"그럼 바로 움직일까."

카이가 향한 곳은 아쿠아베라가 아닌, 육지였다.

남은 불사 상태는 사흘하고 한나절 정도, 카이는 던전을 돌면서 시간을 어떻게 써야 할지 고민에 고민을 거듭했다.

'대체 어떻게 써야 잘 썼다고 소문이 날까?'

카이는 먼저 시간을 투자해 얻을 수 있는 것들을 크게 네 가지로 분류했다. 그것은 레벨, 돈, 명성, 그리고 스탯이었다.

'레벨은 언제든지 올릴 수 있고, 이제 돈도 충분해.'

그러한 이유로 그 두 가지는 탈락, 남은 것은 명성과 스탯의 결승전이었다.

'사실 검은 벌 녀석들 기를 한번 눌러주는 것도 나쁘지는 않

겠지만…….'

카이는 고개를 절레절레 저었다.

'언노운의 명성은 올라가겠지. 하지만 동시에 다른 곳의 경계심도 올라간다.'

세계 10대 길드의 저력은 절대 개인이 넘볼 수 있는 것이 아니다. 그건 카이에게 충분한 시간이 주어진다고 해도 마찬가지. 유저 하나가 수백, 수천 명의 플레이어와 싸워서 이길 수 있는 게임 따위는 없다.

카이는 훗날 자신이 검은 벌을 상대하게 될 때도, 정면에서 전면전을 벌일 생각은 없었다.

'어차피 유리한 건 개인이야. 난 그들이 쌓아놓은 명성에 금이 가게만 하면 성공이니까.'

철저한 소규모 게릴라전, 그것이 개인이 길드를 상대로 할 수 있는 최대한의 발악이자 전쟁이었다.

'게다가 어차피 검은 벌 놈들은 지금 당장 날 찾을 수도 없어. 괜히 명성 좀 챙겨보겠다고 녀석들을 건드리면…….'

오히려 도화선에 불을 지피는 격이다. 게다가 자신이 위험하다는 걸 다른 길드들도 느끼기 시작할 것이다.

검은 벌이 언노운에게 털렸을 때는 모두 웃음을 터뜨리던 길드들은 그 사건을 단순 해프닝으로 여겼고 검은 벌의 무능과 방심을 손가락질했다.

그런데 만약 같은 일이 다시 한번 일어나고, 불사 상태를 앞세운 언노운이 검은 별을 힘으로 찍어누른다면?

'나를 상대하기 위해 똘똘 뭉치겠지. 그게 집단의 속성이니까.'

그렇게 견고하게 모인 철옹성 같은 길드는, 바늘이 들어갈 틈조차 남겨놓지 않을 것이다.

잠깐은 시원하겠지만, 장기적으로 보면 독이 되는 셈.

'그렇다면 나는 스탯이나 벌어야 한다는 소리인데…….'

스탯을 얻는 지름길은 스페셜 칭호를 얻는 것이다. 하지만 이것은 절대 확실한 방법이 아니다.

'만약 내가 대단한 업적을 세운다고 해도, 먼저 선수 친 놈이 있으면 말짱 꽝이지.'

카이에게는 무조건 스탯을 올릴 수 있는 방법이 필요했다.

만약 누군가 인생에 그렇게 편한 길이 있겠냐고 다그친다면, 카이는 이렇게 말해줄 것이다.

'있는데요.'

라고.

"후욱, 후욱."

가쁜 숨을 몰아쉰 카이는 주변에 널브러진 폴리곤 덩어리들을 발로 차며 자리에 누웠다.

그런 그의 시야로 떠오르는 알림창.

[순위표에 기록될 이름을 입력해 주십시오.]

"……Unknown."

지친 음성으로 대꾸한 그는 거친 숨과 함께 안도의 한숨을 뱉어냈다. 그러자 다시 한번 알림창이 주르륵 떠올랐다.

[불사(不死)의 의지 스킬의 지속 시간이 끝났습니다.]
[더 이상 불사의 의지가 당신을 보호하지 않습니다.]

"휴우, 까딱하면 죽을 뻔했네."

마치 팽팽하게 당기던 고무줄의 한쪽 끝을 놓은 것처럼, 긴장감이 탁하고 풀려 버렸다.

지난 사흘 동안 인스턴트 던전 5개를 쉬지도 않고 주파한 카이는 시야가 어지러워지는 것을 느끼며 눈을 감았다.

'사냥이고 뭐고 일단은 잠부터 푹 자야겠어.'

아무리 카이가 게임 폐인이라지만, 사흘 연속 19시간 이상씩 게임을 하는 건 무리였다.

더군다나 미드 온라인은 키보드와 마우스를 움직이는 단순한 게임이 아니다.

플레이어가 직접 몸을 움직이고 사고해야 하는 게임, 카이가 이렇게 극심한 피로를 느끼는 것도 무리는 아니었다.

"그래도……"

옛말에 몸에 좋은 약은 쓰다고 했던가.

카이는 현실의 건강을 제물로, 캐릭터의 스탯을 큰 폭으로 올릴 수 있었다.

[인스턴트 던전의 일인자]

[등급 : 스페셜]

[내용 : 인스턴트 던전의 솔로 랭크에서 1위를 한 플레이어에게 주는 칭호.]

[효과 : 던전 랭크에서 1위를 한 기록 하나당 모든 스탯 5 상승.(이 효과는 칭호를 착용하지 않아도 적용됩니다.)]

그 비밀은 바로 쥐들의 왕국 솔로 랭크 1위를 기록하고 획득했던 스페셜 칭호에 있었다. 카이는 이 칭호로 지난 사흘간 모든 스탯을 25 상승시킬 수 있었다.

'저번에도 이렇게 쉬웠으면 좋았을 텐데……'

쥐들의 왕국을 클리어할 때는 카이도 커다란 리스크를 지고 있었다.

보스 런이 동반하는 죽음의 위협은 그조차도 두려웠으니까.

하지만 이번에는 그 양상이 아주 달랐다. 그저 달리고, 달리고, 달려서 보스 방에 도착한 뒤 보스를 때린다.

그 단순하고 무식한 방법을 통해 카이는 대기록을 만들어 냈다.

'게임 서비스가 종료까지 아무도 못 깰 거 같은데?'

2위와의 기록 차이를 적게는 2시간에서 많게는 4시간까지 단축한 카이는 이 기록이 절대 깨지지 않을 것이라고 확신했다.

'그리고…… 이제 곧 힘이 신성 스탯과 비슷해진다.'

불사의 의지가 끝난 지금, 스탯의 총량은 10%나 줄어들었지만 그럼에도 불구하고 카이의 힘은 316, 신성 스탯이 330으로 제법 높았다.

'이제 근접 클래스와의 전면전도 두렵지 않겠어.'

신성 폭발을 사용하지 않고도 동 레벨 전사와 힘 스탯은 크게 차이 나지 않는다. 더군다나 카이는 각종 사기 스킬로 무장을 한 상태. 올힘 사제를 육성한 이후, 가장 거대한 자신감이 카이에게 깃들었다.

"그럼 우선……"

말을 이으려던 카이의 눈이 스르르 감겼다.

[사용자의 수면 상태를 확인하였습니다.]

[사용자의 접속을 안정적으로 종료합니다.]

카이는 그대로 이틀을 쉬지 않고 내리 자버렸다.

"이런⋯⋯!"

잠에서 깬 시계를 본 한정우는 기겁한 표정으로 자리에서 일어났다.

쿵!

"끄아악⋯⋯!"

캡슐에 머리를 부딪쳤지만 지금 중요한 것은 그것이 아니다. 머리를 싸매고 화장실로 뛰어들어 간 한정우는 지난 이틀 동안 씻지 못한 몸부터 씻었다.

'그리고 먹는다!'

빠르게 빵 하나를 구워 고소한 크림치즈를 바른 뒤 입안에 쑤셔 넣는다. 일련의 행동을 바쁘게 수행하는 한정우의 머릿속을 채운 생각은 단 하나였다.

'난 대체 몇 시간이나 잔 거야!'

타르달의 퀘스트의 제한 시간은 바로 오늘 오후까지.

설마하니 이틀이나 잠이 들 것이라고는 생각지도 못하고 알람을 맞춰놓지 않은 게 실수였다.

'아, 아니지. 당황하지 말자. 아직은 여유가 있으니까.'

초조하게 움직이면 될 일도 안 되는 법.

아직 몇 시간이 남아 있다는 것을 인지한 한정우는 여유를 되찾고 우선 게임에 접속부터 했다.

'우선 바로 아쿠아베라로 간다.'

그곳에 가서 나가들의 산란장을 정리했음을 알려주는 것이 첫 번째 목표였다.

'그리고 겸사겸사⋯⋯.'

카이가 슬쩍 인벤토리에 잠들어 있는 마법의 소라고둥을 확인했다. 만약 이 아이템을 영구히 소유할 수만 있다면, 자신은 한 달에 한 번 절대자가 될 수도 있다.

"귀환."

사이러스가 챙겨줬던 귀환 구슬을 사용하자 카이는 순식간에 아쿠아베라로 이동되었다.

그는 인벤토리에서 하카스의 비늘을 꺼내 가방에 액세서리처럼 매달아 놓은 뒤, 개선장군이라도 된 듯 당당하게 길거리를 헤엄쳐 나갔다.

그런 카이를 본 인어들이 쑥덕쑥덕하기 시작했다.

"저 인간은 갑자기 왜 어깨에 저렇게 힘이 들어가 있지?"

"글쎄⋯⋯ 어? 잠깐만, 저 가방에 주렁주렁 달린 비늘은 설마⋯⋯?"

"허억! 부, 분명히 전장에서 본 적이 있어! 저 크고 단단한 녹색 비늘은 하카스의 것이다!"

"뭐? 하카스라고!"

거리 인어들의 눈빛이 확 돌변했다. 존경심과 감탄이 한데 어우러진 눈빛과 함께 그들이 드러낸 가장 거대한 감정은 다름 아닌 감사였다.

'후후, 역시 홍보 효과는 확실하군.'

주변을 둘러보던 카이가 남들 모르게 진한 웃음을 흘렸다.

일부러 하카스의 비늘 몇 개를 가방에 달아놓은 이유가 무엇이겠는가.

'당연히 알아보라고 달아놓는 거지!'

실제로 그는 엄청난 주목을 받는 중이었다. 그때 인어 하나가 카이를 향해 빠르게 헤엄쳐왔다.

카이는 다급하게 몸을 움직이며 그에게 무언가를 말하려고 했다.

"음? 그건 또 무슨, 혹시 '반갑다'라는 인간식 표현인가?"

꼬르륵, 꼬륵…….

마법이 걸리지 않아 물속에서 숨을 쉴 수 없는 카이.

그의 입과 코에서 연신 물거품이 새어나가자, 인어가 부랴부랴 마법을 걸었다.

"이 사람아! 숨을 못 쉬면 마법을 걸어달라고 말을 했어야지!"

"허억, 허억. 그게 물속이라서…… 마법 써주셔서 감사드립니다."

막힌 숨을 토해낸 카이는 자신에게 다가온 인어를 쳐다보며 머쓱한 표정을 지었다.

"그런데…… 무기점은 어쩌고 이 시간에 거리에 계세요?"

그렇다. 그는 바로 무기점 주인인 카울.

지난날 카이에게 30골드를 받고 블루스틸 방어구를 판매한 인어였다.

"커엄, 컴. 소식을 듣고 부랴부랴 달려왔네. 자네…… 정말로 하카스를 해치운 건가?"

흥정할 때조차 보여주지 않았던 진지한 눈빛과 표정에 짓눌린 카이는 저도 모르게 대꾸했다.

"예, 보시다시피요."

가방에 달린 비늘이 잘 보이게끔 어깨를 내미는 카이를 보고 비늘을 확인한 카울의 입술이 천천히 열렸다.

"……정말이구만."

"이게 모두 카울 님이 판매해 주신 훌륭한 무기…… 어?"

말을 잇던 카이가 돌연 당황했다. 그는 인어도 눈물을 흘리면 눈시울이 붉어진다는 것을 그때 처음 알았다.

"크흑, 흐윽……."

무엇이 그리도 서러운지, 나이도 잊은 채 끅끅거리며 울음을 토해내던 카울이 울음을 그친 것은 10여 분 후였다.

"하아……."

마음속 응어리를 모두 토해낸 듯 상쾌하다는 표정을 지은 카울이 한 번도 보여준 적 없던 미소를 선보였다.

"자네는 혹시 내가 무기점을 운영하는 이유를 아는가?"

"……모르겠습니다."

"아들을 잃었네. 하카스 녀석이 이끌던 군대와 부딪혔던 날이었지……."

그는 카이의 어깨춤에 매달린 블루스틸 검의 손잡이를 뽑더니 검날을 어루만졌다.

"싸우던 도중, 무기가 부러져서 그대로 나가의 삼지창이 심장에 박혔다고 하더군."

"그, 그런……."

"물론 나도 알고 있네. 내 아들에게 절세의 보검이 있었더라도…… 전장에서 살아오지 못했을 가능성이 훨씬 높다는 걸. 하지만 말일세. 만약, 만약 내 아들이 좋은 무기를 지니고 있었더라면, 더 내구력이 뛰어난 검을, 방어구를 입고 있었더라면…… 그랬다면 살아올 수도 있지 않았을까 하는 생각이 머릿속에서 떠나지 않는 건 어쩔 수 없더군."

"그럼 혹시 무기점을 운영하시는 이유가……."

"내 아들 같은 인어가 나오지 않기 위함일세."

카울은 카이에게 검을 돌려주었다.

"그리고 두 번 다시 인어족의 무기가 나가족에게 부러지지 않도록 품질을 검사하기 위함이지."

어느새 주변에 몰려든 인어들이 카울의 어깨를 토닥거리며 위로를 전했다.

"나뿐만이 아닐세. 여기 이 사람들 전부 마찬가지야. 가족, 연인, 친구들을 나가족에게 잃은 이들이지. 우리 모두가 같은 아픔을 공유하고 있어."

카이는 저도 모르게 주위를 둘러봤다.

어느새 수백이나 모여든 인어들에게 촉촉한 눈시울은 마치 전염이라도 되듯, 주변으로 계속해서 퍼져 나가고 있었다.

꾸벅!

고개를 푹 숙인 카울이 쩌렁쩌렁한 목소리로 말했다.

"고맙네…… 정말 고마워! 내 아들의 원수를 갚아줘서 고맙네!"

"제 아버지의 원수를 갚아주셔서 감사합니다!"

"제…… 남편의 복수에…… 흐윽…… 감사드려요."

……

여기저기서 귀를 왱왱 울릴 정도의 감사 인사가 질서 없이 전해져 온다. 평소라면 인상을 찡그렸겠지만, 카이는 자그마한 소리조차 놓치지 않기 위해 귀를 기울였다. 인어들이 밝은 미소 아래 숨겨 두었던 그들의 아픔과 상처가 카이에게 전해졌다.

'다들…… 마음고생이 이렇게 심했구나.'

왜 안 그렇겠는가.

나가라는 주적이 항시 자신들의 일족을 죽이기 위해 주변을 어슬렁거리는 위험천만한 상황. 소중한 사람을 잃어버린 고통은 종족을 떠나 엄청난 슬픔이다.

'하지만 난 이들이 말하는 것처럼 영웅은 아니야.'

애초에 카이가 남을 돕기 시작한 건 딱히 영웅이 되고 싶어서가 아니었다.

그저 자신의 사리사욕을 채우기 위함. 남들의 눈에 어떻게 보이는지는 몰라도, 스스로의 욕망을 채우는 것만이 목적이었다.

'하지만……'

그런 자신의 행동이 누군가의 상처를 치료해 준다면, 지금처럼 누군가의 마음에 맺힌 응어리를 시원하게 날려줄 수만 있다면…….

'뭐라고 불리든 딱히 상관은 없어.'

누군가를 도와준다는 사실만은 변하지 않으니까.

"……그렇군."

웅장한 목소리가 바다를 뒤엎자 순식간에 지느러미를 굽히는 인어들. 당황해서 주변을 둘러보던 카이의 시야로 익숙한 존재가 들어왔다.

'사이러스랑 흰 수염 사범. 그리고……'

거대한 상어의 지느러미와 체구를 지닌 인어.

머리 위로는 화이트 크리스탈로 만들어진 왕관을 쓰고, 화려한 의복을 입고 있다.

카이는 그를 한 번도 본 적이 없었지만, 그가 누구인지 단번에 유추해낼 수 있었다.

'아쿠아베라의 국왕, 카리우스다.'

높은 곳에 떠 있던 그는 천천히 헤엄을 치며 카이에게 다가왔다. 그가 내려오자 마치 모세의 기적처럼 인어들이 쫙 갈라지며 길을 만들었다.

"인사가 늦어진 점, 미안하게 생각하네. 도시의 위치가 드러나지 않게끔 계속 마법을 펼치고 있어서 자리를 비울 수가 없었네."

"아…… 그러셨군요."

왜 그동안 그를 볼 수 없었는지 납득한 카이는 그의 얼굴을 마주 보았다. 위엄이라는 단어를 그대로 조각해 넣은 듯한 단단한 얼굴, 그는 절대 타협이라는 것을 하지 않을 것 같은 무거운 인상을 주고 있었다.

"아쿠아베라의 국왕인 카리우스라고 하네. 그대가 당대의

사도이자 이번에 우리 일족을 위험에서 구해낸 모험가, 카이가
맞는가."

"맞습니다."

"⋯⋯."

그 말을 듣는 즉시, 카리우스는 다른 인어들과 마찬가지로
지느러미를 굽혔다.

키가 3미터에 가까워서 올려봐야 했던 그의 눈이 카이와 비
슷한 위치까지 내려왔다.

"폐, 폐하!"

"아버님!"

"조용."

손을 들어 주변 인어들의 반발을 물린 카리우스가 담담한
목소리를 내뱉었다.

"일족의 은인이자, 숙원을 이뤄주신 영웅이시다. 이 정도 인
사는 당연한 것. 소란피우지 말거라."

부담스러울 정도로 정중한 인사를 보낸 카리우스는 자리에
서 일어나 인어들을 둘러봤다.

동시에 성악가를 부르듯, 웅장하면서도 낮은 중저음이 바다
로 울려 퍼졌다.

"짐의 백성들이여, 지금 이 시간부로 모험가 카이는 인어족
의 친우임과 동시에 형제요, 가족임을 밝힌다. 비록 종족은 다

르지만, 그는 우리가 위기를 겪을 때 두말없이 도와준 고마운 은인, 이에 우리 인어들도 그가 위험에 빠졌을 때 두 손을 거들 것임을 지금 이 자리에서 선언하노라."

"가, 갑자기 그게 무슨……."

청천벽력 같은 소리!

카이가 입술만 뻐끔거리며 말을 잇지 못하는 순간, 자리의 모든 인어가 이구동성으로 외쳤다.

"왕의 명령을 따르겠나이다!"

"왕의 명령을 따르겠나이다!"

"갑자기가 아닐세."

카리우스가 카이를 쳐다보며 싱긋 웃었다.

"자네는 그만한 대우를 받을 만한 모험가일세. 자네가 아니었다면 우리 인어들은…… 한 명도 살아남지 못했겠지."

"그건……."

카이는 그의 말을 부정하지 못했다.

만약 카이가 나가족의 장치를 파괴하지 못했다면, 결국 아쿠아베라의 위치는 발각되었을 터. 그 뒤에 일어날 일은 뻔했다.

'일방적인 학살이 이어졌겠지.'

하카스와 다른 왕자들, 그리고 나가족의 왕이 이끄는 군대들이 아쿠아베라를 침범한다. 이어지는 것은 일방적인 학살.

그것이 카이가 나서지 않았다면 인어족이 맞이했을 결말이다.

"인어족을 대표하여 감사의 인사를 전하네. 자네 덕분에 이제 나가들은 우리의 위치를 알아차리지 못하네. 덕분에 이제 우리 뒤를 쫓아오지는 못하겠지. 이제는…… 안전한 곳으로 갈 생각이네."

"기왕이면 인간들의 나라와 가까운 곳으로 가죠. 카이 님이 위험하면 언제든 도움을 줄 수 있잖습니까."

"그거 좋은 생각이로군."

카리우스와 사이러스, 그들의 입가로 판박이처럼 닮은 미소가 떠오른 순간, 알림창이 떠올랐다.

띠링!

[메인 에피소드 : '멸망한 인어들의 왕국' 퀘스트 발동 조건이 소멸했습니다.]

['멸망한 인어들의 왕국' 에피소드가 소멸됩니다.]

[관련된 하위 퀘스트 1,524개가 소멸됩니다.]

[태양신 헬릭이 당신을 크게 치하합니다.]

[선행 스탯이 10 상승합니다.]

[레벨이 올랐습니다.]

[레벨이 올랐습니다.]

[스탯 포인트를 10개 획득합니다.]

[태양교의 공헌도가 크게 증가합니다.]

[뮬딘 교와의 관계가 적대로 변경됩니다.]

[인어들이 인간과의 교류를 시작합니다.]

[인어들의 도시, 아쿠아베라가 인간들에게 개방됩니다.]

"……으응?"

난생처음 보는 메시지에 카이가 고개를 갸웃거렸다.

27장
어둠 추적자

　잠시 멍한 표정을 짓던 카이는 겨우 정리를 시작했다.

　'그러니까…… 내가 나가족의 무슨 장치를 파괴해서 인어들이 멸망할 일이 사라졌다는 건가?'

　본래대로라면 인어들이 멸망하는 것이 개발자들이 짜놓은 게임의 시나리오라는 것이다.

　당연한 말이지만 이 시기에서 해저에서 이렇게 활동할 수 있는 플레이어는 없다. 좀 더 직설적으로 말하면, 카이에게 다시 해보라고 해도 못 한다.

　'거의 99%는 마법의 소라고둥 덕분이었으니까 말이지.'

　내일 아침 이 사실을 보고 받는 개발자들은 나라라도 잃은 허망한 표정을 지을 것이다.

　카이 하나로 인해 메인 에피소드 하나가 통째로 날아갔고,

열심히 만들고 구성한 퀘스트 1,524개가 몽땅 사라졌으니까.

하지만 카이에게도 할 말이 없는 건 아니었다.

"그러게 누가 이렇게 중요한 던전을 70레벨도 공략할 수 있게 만들어놓으래?"

카이는 개발자들이 들었다면 뒷목을 붙잡고 줄줄이 입원할 만한 발언을 속으로 외쳤다.

'그리고……'

한 가지 사실을 깨달은 카이의 등줄기로 소름이 쫘악 스치고 지나갔다.

'이런 미친…… 그럼 원래 성환 페트라를 찾는 건 훨씬 어렵게 설정되어 있다는 소리잖아?'

원래대로라면 멸망한 인어들의 도시를 돌아다니면서 심해 바닥을 뒤지거나 나가족을 때려잡고 성물을 수색해야 했을 것이다. 그 말도 안 되는 노가다를 떠올린 카이가 몸을 부르르 떨었다.

'소 뒷걸음치다가 쥐 잡은 격이지만…… 다행이다, 정말 다행이야.'

다른 두 개의 성물은 몰라도 성환 페트라만큼은 정말 손쉽게 손에 넣었으니까.

하지만 아직 이해되지 않는 것이 있었다.

'뮬딘 교, 애네들은 또 뭐하는 놈들이야?'

대체 이 녀석들이 누군데 자신과 적대 상태가 된단 말인가?

잠시 고민한 카이는 한 가지 결론을 내려놓았다.

'혹시 어둠의 정수와 관련된 단체인가?'

만약 자신의 추측이 맞다면 이후로는 타르달이 설명해 줄 것이다.

카이는 고개를 들어 올리며 자신만 쳐다보는 인어들을 향해 어색한 미소를 지었다.

"아, 안 돼에……!"

"저희야말로 안 된다구요."

매정한 사이러스의 말투, 그리고 그의 손에 들린 채 사라지는 마법의 소라고둥!

그들을 쳐다보는 카이는 눈에서 한 방울의 눈물이 주르륵 흘렀다.

'월 1회 세계 최강자의 꿈이…….'

물론 마법의 소라고둥은 스스로 생각해도 밸런스 붕괴를 일으키는 사기템이 맞다. 하지만 원래 남이 하면 불륜이지만 내가 하면 로맨스인 법이다.

'후우, 아쉽지만 저게 있어야 공간 인식 저해 마법을 길게 연

장할 수 있다고 하니…… 어쩔 수 없지.'

항상 인어들이 달라붙어 24시간 마법을 펼칠 수도 없는 법, 애초에 마법의 소라고둥은 아쿠아베라를 감추기 위한 인어족의 보물이었다.

"끄응."

아쉬움을 삼킨 카이는 카리우스에게 고개를 돌렸다.

"그래서 이제 이사를 가신다고요?"

"이사? 흠. 그 말도 틀린 말은 아니군. 맞네. 나가들의 추적도 따돌렸고, 타루타루도 충분히 음식을 섭취한 것 같으니…… 이제는 움직여도 되겠지."

"타루…… 뭐요?"

"타루타루. 자네도 한 번쯤은 봤을 텐데?"

카리우스가 고개를 갸웃거리며 무슨 말을 하냐는 목소리로 물었다. 단언컨대, 카이는 그런 이상한 이름의 물건 혹은 생명체를 본 기억이 없었다.

"본 적 없습니다만……."

"……이거, 사이러스가 놀래켜 주려고 설명을 안 해준 모양이군. 그렇다면 제법 놀라겠어."

고소를 지으며 카이를 쳐다보던 카리우스가 로브를 흩날리며 밖으로 나섰다. 황급히 그를 따라간 카이는 고개를 갸웃거렸다.

"카리우스 님. 저건?"

밖으로 나오자 몇몇 인어가 소라로 만들어진 거대한 나팔을 입에 물고 있었기 때문이다.

"아아, 이제 깨울 시간이니까 말일세."

'깨울 시간? 뭘 깨워?'

의문이 가시기도 전에, 찢어지는 듯한 나팔 소리가 카이를 괴롭혔다.

"크윽…… 이, 이게 뭡니까……!"

"조금만 참게. 타루타루는 청각이 예민해서 금방 일어나니까……."

'그래서 타루타루가 대체 뭔데!'

투덜거림과 동시에 멈춘 나팔 소리.

동시에 도시가 흔들리기 시작했다.

"어…… 어어어!"

휘청, 휘청.

바닥을 밟고 있던 카이는 지진이 나는 것을 느끼며 헤엄쳐서 물 위로 올라갔다.

"지, 지진 났는데요!"

소리 때문에 고산 지대에서 산사태가 난다는 건 들어봤어도, 심해에서 지진 난다는 소리는 처음 들어본 카이! 하지만 주변의 인어들은 그런 카이를 보며 웃음만 흘려댔다.

그리고…….

쿠우우우웅!

카이의 시야로 드러나는 거대한 기둥.

"이, 이게 대체 무슨……."

질문을 채 던지기도 전에, 길쭉한 기둥이 쭈욱 고개를 돌렸
다.

카이의 눈과 마주친 건 커다랗고 까만 눈동자.

녀석이 크게 울었다.

타루우우우우웅.

"……."

저렇게 쭉 뻗은 목을 가진 해양 생물은, 카이가 알기로는 단
하나밖에 없었다.

"그래서 타루타루라는 게 저 거북이인가요?"

"보통 거북이가 아니네. 수천 년을 살면서 우리 인어족을 보
호해 주는 신수일세."

"그럼…… 여태까지 제가 밟아왔던 건……?"

"심해 바닥이 아니라, 타루타루의 등껍질이었지."

그야말로 충격의 쇼크!

쿠웅, 쿠웅.

다리를 열심히 움직인 타루타루가 별안간 바닥을 박찼다.

솨아아아아아악!

단언컨대 카이는 에버랜드에서 탔던 독수리 요새와 롯데월드의 자이로드롭 이후, 이렇게 빠른 속도를 경험해 본 적이 없었다.

하지만 신기하게도 도시와 인어들은 물론, 카이도 뒤로 날아가지 않았다.

타루타루 전방의 물의 방벽이 그들을 보호해 주었기 때문이다.

"무슨…… 거북이가 이렇게 빠릅니까!"

"몰랐나? 거북이는 물속에서 은근히 빠르다네."

'이게 은근히라고 할 수준은 아니지…….'

속으로 조용히 불만을 삼키던 카이는 뒤쪽에서 들리는 괴성 소리에 고개를 돌렸다.

"캬아악!"

"쿠아악!"

타루타루를 발견한 나가들이 헤엄쳐 오는 모습이 보였지만, 그들이 타루타루를 따라잡는 일은 일어나지 않았다.

인간들의 왕국과 가깝고 얕은 바다에 자리를 잡은 타루타루는 다시 등껍질 속으로 들어가 잠에 빠졌다.

카이는 자신을 마중 나온 수백 명의 인어를 보며 볼을 긁적거렸다.

"정말로 이곳에서 생활하실 건가요? 주변에 인간들이 많아서 귀찮으실 텐데……."

"귀찮겠지만 참아야겠지. 자네가…… 사도가 나타났다는 소리는, 머지않아 대륙을 덮을 어둠이 몰려온다는 소리일 테니까."

카리우스는 잠시 걱정을 내비쳤지만, 이내 인자한 웃음을 지었다.

"하지만 걱정하지 말게. 그 어떤 위험과 어둠이 자네를 몰아세우더라도, 우리 인어들은 언제나 자네의 편이 되어줄 테니까."

"카리우스……."

"카이 님. 저희는 언제든 카이 님을 도와드릴 준비가 되어 있습니다."

사이러스의 믿음직스러운 대답에 그와 악수를 한 카이는 이어서 엘레느와 크라포드, 흰 수염 사범에게 다가갔다.

"두 분 모두 행복하세요."

"자네 덕분에 나가들을 걱정하면서 살 필요는 없게 된 것 같네. 정말 고맙네."

"네, 정말이지…… 저희 두 사람과……."

제 배를 쓰다듬으며 수줍은 미소를 짓는 엘레느.

이에 경악한 카이는 입술만 벙긋거렸다.

"아, 아니, 재회한 지 며칠이나 지났다고요?"

"커흐흐흠. 20년 치의 사랑을 나누다 보니……."

"모, 못하는 소리가 없으세요!"

"……."

짜게 식은 눈으로 두 사람을 쳐다보던 카이는 고개를 돌렸다.

"사범님, 그럼 이만 가보겠습니다."

"음, 자네와 수련했던 2주의 시간은 즐거웠네."

"예, 저도 많이 맞아서 아프고, 슬프고, 힘들고, 항상 그만두고 싶었지만, 즐거웠습니다."

"다음에 한 번 더 찾아오게."

"……."

그때 합법적으로 더 패겠다는 소리다.

어색한 웃음을 지으며 뒷걸음질을 치는 카이에게, 카울이 인사를 건넸다.

"고마웠네. 정말."

"뭘요, 제가 더 감사하죠."

카울의 시선을 피하며 중얼거린 카이는 곧장 손을 들었다.

"그럼 전 진짜 갑니다. 약속 시간에 늦겠어요."

"조심히 올라가게."

"잘 가세요!"

"언제든지 들리게나. 귀환 수정은 넉넉하게 챙겨줬으니까."

인어족의 단체 마중을 받으며 바다를 힘차게 밟은 카이.

펑, 퍼퍼펑!

마치 밝은 인어족의 미래를 보여주는 불꽃놀이처럼 화려하게 터져 나가는 바닷물.

동시에 카이의 신형이 머지않아 바다 밖으로 빠져나왔다.

"후아!"

물에 젖은 머리카락을 뒤로 넘긴 카이는 씨익 웃으며 미니맵을 켰다.

목적지는 가장 가까운 텔레포트 게이트.

당연한 말이지만, 타르달을 만나는 것이 최우선적인 목표였다.

└버그 아님?

└버그 아니래.

　└그래도 버그 아님?

　└그래도 버그 아니래.

└와, 근데 저게 어떻게 되지? 저거 혹시…….

└버그 아니래.

죽음의 술래잡기 불러일으킨 열풍이 채 가시기도 전, 언노운의 이름은 다시 한번 커뮤니티를 뜨겁게 달구었다.

이번에 그의 이름이 거론되는 이유는 당연히 새롭게 세운 인던의 솔로 랭크 기록 때문이었다.

└야, 사흘 만에 던전 다섯 개 주파가 말이 되냐? 그것도 저렇게 압도적인 기록으로?

└근데 했잖아.

└심지어 레벨 찍힌 거 보면…… 얜 대체 뭐 하는 애냐? 얼마 전에 68레벨인가 그러지 않았음?

└어? 그러고 보니 그러네. 언제 88레벨 찍었대?

└이거 수상하다. 20레벨이 뉘 집 개 이름이냐? 올리는데 못해도 두 달은 걸리는 건데…….

└아마 개발사에서 잡지 못하는 버그나 핵을 쓴 것 같다. 그걸 인정하면 주가가 떨어질 걸 아니까 페가수스 쪽에서는 버그가 아니라고 할 수밖에 없지.

언노운은 버그를 썼고, 페가수스 사에서 이를 감추기 위해 거짓말을 한다!

그 의견은 제법 그럴듯했고, 그래서인지 커뮤니티를 돌아다니며 점점 소문을 불렸다.

　ㄴ언노운의 영상도 전부 합성, 조작이다.
　ㄴ맞아. 사실 내가 붉은 주먹 길드원인데, 저 때 우리가 이겼거든.
　　ㄴ응, 그건 아니야.
　　ㄴ사실 내가 오크 로드인데, 저 때 내가 이겼거든. 취익!
　　ㄴ사실 내가 오크 주술사인데…….

루머란 실체 없는 소문, 허상이나 다름없다.
그리고 잘 나가는 사람을 어떻게든 깎아내리고 싶은 부류의 인간은 어디에나 있다.
이대로라면 소문이 어디까지 커질 줄 모르고, 벌써 언노운을 욕하는 이들이 생기던 찰나, 그 어떤 사건 사고에도 침묵으로 일관하던 페가수스 사가 무거운 엉덩이를 움직였다.

[언노운은 그 어떤 버그도 사용한 적 없으며, 모니터링 결과 게임 내의 아이템과 스킬을 사용한 효과로 인던 랭킹을 갱신한 것이다.]

짧은 문장이었지만 한창 루머 생성에 맛 들인 이들의 입을 다물게 하는 강력한 한 방.

하지만 그 한 방은 충격을 주었을지언정 K.O를 시키기에는
많이 부족했다.

> └당연히 버그 아니라고 하겠지.
> └미드 온라인에 버그가 생겼다? 당연히 주가가 떨어질 테니까.

이미 색안경을 끼고 있는 유저들은 페가수스의 공식 발표를
신용하지 않았다. 발등에 불똥이 떨어진 페가수스 본사에서
는 긴급회의가 소집되었다.

"다들 이 상황을 타개할 의견을 내보세요."

페가수스 사의 사장, 마르코 프레드릭의 음성에 직원들은
고개만 꾸벅 숙였다.

아무리 그들이 게임의 개발과 운영을 도맡아 한다지만, 개
인의 영상을 멋대로 공유할 수는 없다. 게임 약관에는 개인의
자유를 침해하는 그 어떤 간섭도 하지 않겠다고 쓰여 있기 때
문이다.

"쯔읏. 그렇다면 방법은 하나밖에 없군요."

구석에서 침묵이 내려앉은 회의실을 보고 있던 짐 박사가
한숨을 내쉬며 말했다.

"영상의 주인, 언노운에게 영상을 사들이는 수밖에요."

"그가…… 그것을 팔겠소? 게다가 영상이 공개되어도 문제

요. 유저들은 언노운이 공격을 맞아도 죽지 않는 이유를 공개하라고 성토할 게 뻔한데…… 언노운의 입장에서는 절대 받아들이지 않겠지."

일정 경지에 올라 랭커가 되면, 스킬들 하나하나가 모두 숨겨진 비수가 된다.

무협지의 고수가 항상 30% 정도의 힘은 숨기고 다녀야 한다고 말하듯, 미드 온라인에서도 마찬가지였다.

랭커로서 오래도록 군림하고 싶다면 스킬과 아이템 세팅, 스탯은 절대 들켜선 안 되었다.

"그 부분에 관해선 언노운과 상의를 해야겠죠. 물론, 최대한 그의 의견을 수용해야겠지만."

결국 백기를 든 것은 페가수스사였다. 애초에 버그는 없었지만, 중요한 건 투자자와 유저들이 그렇게 생각을 하느냐, 안 하느냐였다.

누가 버그가 판치는 게임을 하고 싶어 하겠는가?

'그때…… 그 녀석. 아직도 멀쩡할 줄이야.'

자신이 금세 헬릭의 심판을 받고 직업을 박탈당할 것이라고 당당하게 선언했던 머저리는 그는 잠시 눈을 뗀 사이, 어느새 게임사를 좌지우지할 수 있는 존재가 되어 있었다.

재차 방문한 타르달의 저택.

타르달은 마치 카이를 기다리고 있던 사람처럼 잠겨 있던 눈을 떴다.

"왔군."

입을 열면서 시계를 흘깃 쳐다보는 타르달은 고개를 작게 끄덕이며 말을 이었다.

"시간은 아슬아슬하게 합격이군. 비늘부터 확인하지."

"예."

카이는 인벤토리에서 나가족의 왕자인 하카스의 비늘을 꺼냈다. 테이블 위의 녹색 비늘을 물끄러미 보던 타르달의 눈이 살짝 커졌다. 항상 무표정을 고수하던 그가 이례적으로 놀랐다는 감정을 드러낸 것이다.

황급히 고개를 들어 카이를 주시한 타르달이 굳게 닫혀 있던 입술을 열었다.

"실망시키지 않겠다……. 저번에 분명히 그리 말했었지."

"예."

"좋군."

타르달의 입에서는 좀처럼 나오지 않는 칭찬이 흘러나왔다.

"어둠의 정수. 그 정체가 무엇인지 궁금하다고 했었나."

"맞습니다."

어둠의 정수.

몬스터들을 어둠에 물들이고 성정을 포악하게 만들며, 지닌 바 힘을 강하게 만들어주는 구슬.

카이의 짐작에 따르면 이것은 절대 일개 서브 퀘스트와 연관된 물건이 아니었다.

'최소 메인 에피소드와 관련된 물건이다.'

이미 카이가 확인한 어둠의 정수만 두 개였다. 나가족과 연관된 어둠의 정수는 실제로 메인 에피소드와 직접적인 관련이 있었다.

"앉게."

타르달이 처음으로 카이에게 의자를 권했다. 카이가 자리에 앉자 타르달이 묵직한 목소리로 입을 열었다.

"제법 무거운 이야기가 될 것이네. 만약 자네가 대의보다는 자유로움과 낭만을 즐기는 모험가라면, 충분한 금전적 보상을 해줄 테니 이쯤에서 물러가게."

"그럴 수는 없습니다."

카이가 결연한 표정으로 말했다.

"이 물건 하나로 글렌데일의 주민들과 인어족은 큰 피해를 입었습니다. 저는 아직 많이 부족하지만 그래도 태양신을 받드는 사제의 몸. 어둠의 정수에 관련된 비밀을 밝혀내고, 나아가 이것을 사용한 이들에게 정의의 철퇴를 내리고 싶습니다."

"용기와…… 뜻은 가상하군. 하지만 이 구슬 뒤에는 지금 자네의 실력으로는 감히 쳐다볼 수도 없는 강대한 적들이 도사리고 있네. 그런데도 자네는 주저하지 않고 철퇴를 휘두를 자신이 있는가?"

"쳐다볼 수 없는 강대한 적들, 그들과 눈높이를 맞출 때까지 아득바득 노력하겠습니다. 저번에도 말씀드렸지만, 기회만 주신다면 실망시키지 않을 자신이 있습니다."

'실망시키지 않겠다.'

카이가 이미 한 번 선언했고, 실제로 하카스의 비늘이라는 훌륭한 결과를 내놓은 상태였다.

"흐음."

카이의 입에서 청산유수처럼 흘러나오는 말에 타르달이 눈을 감고 생각에 빠졌다.

물론 카이가 이토록 유창하게 말할 수 있는 건 이 상황을 이미 염두에 두고 있었기 때문이다.

'어둠의 정수는 무조건 메인 에피소드랑 관련이 있어. 그러니…… 아마 난 거절당하겠지.'

레벨 제한은 단순히 숫자가 좀 차이 나는 것뿐이지만, 게임에서는 그 숫자야말로 모든 것을 대변한다.

하물며 카이는 메인 에피소드 퀘스트의 진행도 40레벨 이후로 멈춰놓은 상태.

하지만 가능성이 아예 없는 건 아니었다.

'미드 온라인에는 지름길과 다른 길은 있을지언정, 틀린 길은 없어.'

왼쪽으로 가든, 오른쪽으로 가든 목적지에만 도착하면 된다. 퀘스트를 주는 것은 결국 이 세계의 실질적 권력자들인 NPC들이다. 그들의 마음을 사로잡을 능력만 있으면 선행 퀘스트쯤이야 건너뛸 수도 있다는 뜻이다.

"우선…… 배경을 좀 설명해 줘야겠군."

긴 침묵 끝에 입을 연 타르달이 말을 이었다.

"마침 자네도 사제이니 묻겠네. 이 땅에서 가장 강대한 성세를 펼치고 있는 교단이 어디인가."

"당연히 태양신 헬릭을 받드는 태양교입니다."

이것은 소속감이나 자부심 따위가 아닌 팩트였다. 실제로 사제 유저의 86퍼센트가 태양교에 소속되었을 정도였으니까.

"그렇지. 작금에 와서는 태양교의 성세가 대륙을 진동시키고 있다. 하지만 천 년 전, 그때는 어땠을 것 같나."

"음…… 그때도 태양교 아니었겠습니까?"

1대, 2대 태양의 사제가 활동하던 시기도 천 년 정도 전의 과거였으니까.

하지만 타르달은 고개를 내저었다.

"틀렸네. 천 년 전에 이 땅에서 가장 강대한 세력을 자랑하던 건 뮬딘 교단이었지."

'뮬딘 교단!'

카이는 정신이 번쩍 드는 것을 느끼며 눈을 크게 떴다.

'뮬딘 교라면 분명······.'

이번에 멸망한 인어들의 도시 에피소드를 본의 아니게 증발(?)시키면서, 적대 관계가 된 이들의 명칭이었다.

'그런데 녀석들이 천 년 전 최고의 성세를 자랑하던 교단이었다고?'

그야말로 금시초문!

당황한 카이를 표정을 엿본 타르달이 고개를 끄덕였다.

"얼굴을 보니 몰랐다는 표정이군. 그럴 수밖에. 뮬딘 교는 대륙 전체가 부정한 이들, 왕실과 황실 깊숙한 서고의 역사서에서나 그 존재를 찾아볼 수 있지."

"대체······ 그들이 무슨 짓을 했습니까?"

"악신 뮬딘을 섬기며 이 땅에 마왕과 마족, 끝내는 악신인 '뮬딘' 본인을 소환하려고 했지."

"······!"

"그 과정에서 인신 공양의 제물로 바쳐진 사람의 수는 헤아릴 수도 없다. 그 때문에 위기의식을 느낀 세계의 모든 세력은 연합군을 꾸려 그들과 대적했고."

'연합군······.'

도서관의 어디서도 찾아볼 수 없고, 커뮤니티의 누구도 말해준 적이 없는, 미드 온라인의 사라진 역사.

"전쟁은 백 년 동안이나 이어졌지."

"배, 백 년이나 말입니까?"

카이의 등줄기로 식은땀이 삐질 흘러내렸다.

단일 세력과 세계 연합군, 힘의 차이는 당연히 후자가 압도적으로 월등해야 한다.

'그런데 그걸 버텨? 심지어 하루 이틀도 아니고 백 년을?'

지금 당장 종합선물세트라도 들고 사과하러 가야 할지 고민이 될 정도!

타르달이 여유로운 목소리로 카이를 진정시켰다.

"너무 겁먹지는 말게. 당시의 전황은 연합군에게 압도적으로 유리했으니까. 말이 전쟁이지 실제로 그들이 전면전을 펼친 건 딱, 일 년. 그 뒤의 백 년은 사실 잔당 소탕 정도에 지나지 않았지."

"그, 그렇군요."

"역사는 '뮬딘 교와 관련된 존재는 개미 하나 남기지 않고 박멸했다'고 말하고 있네."

"하지만 그들이 틀렸군요."

타르달이 말없이 고개를 끄덕였다.

"어둠은 빛이 있으면 필연적으로 생길 수밖에 없다. 빛이 강해질수록 어둠은 더욱 짙어지는 법이지. 그들은 복수의 칼날을 갈면서 빛을 피해 꼭꼭 숨었네."

"그럼 어둠의 정수는……."

"그들이 지난 전쟁에서 즐겨 쓰던 악랄한 방법 중 하나일세."

그렇다면 지금 이 시점에서 어둠의 정수가 여기저기서 발견되는 이유는 하나뿐이었다.

'뮬딘 교, 그들이 돌아왔다.'

당연한 말이지만 한 번 패배한 녀석들이 믿는 구석도 없이 돌아왔을 리는 없다.

'그러고 보니……'

이미 뮬딘 교는 인어족을 궤멸시키기 직전의 상태였다.

만약 카이가 그들을 도와주지 않았다면 인어족은 반드시 멸망했을 것이다.

'보이지 않는 곳에서 이미 움직이고 있구나.'

비록 수면 위에 떠오르지는 않더라도, 그들은 깊은 수면 아래에서 왕성하게 활동하는 중이었다.

"어둠의 정수는 이렇게 대단한 단체와 관련되어 있네. 그럼에도 자네의 생각은 여전한가?"

"예."

두말하면 잔소리, 이렇게 거대한 떡밥을 던져줬는데 그것을 제 발로 걷어차는 건 바보나 멍청이.

그 둘 정도밖에는 없다.

카이의 단단한 눈빛을 물끄러미 보던 타르달은 자리에서 일어나 뒤쪽의 서랍장으로 이동했다.

"그렇다면 자네를 이 시간부로 어둠 추적자의 일원으로 받아들이겠네."

띠링!

[단체 : 어둠 추적자의 일원이 되었습니다.]

[어둠 추적자는 새롭게 모습을 드러낸 뮬딘 교를 견제하기 위해 만들어진 단체입니다. 당신은 이곳에 가입한 1,258번째 플레이어로, 앞으로는 타르달을 통해 뮬딘 교에 관련된 임무를 받으실 수 있습니다.]

[메인 에피소드 퀘스트, 약탈자들에 대한 소문이 소멸됩니다.]

[메인 에피소드 퀘스트, 휠렛 산의 도적단이 소멸됩니다.]

[메인 에피소드 퀘스트, 발파렌 남작의 제보가 소멸됩니다.]

…….

[메인 에피소드 퀘스트, 어둠 추적자를 성공적으로 완료했습니다.]

'좋아.'

40레벨 때 진행을 멈춰놓은 메인 에피소드 퀘스트인 약탈

자들에 대한 소문은 본래라면 차근차근 진행하면서 약탈자 베이거스까지 진행을 해야 하지만……:

'모두 삭제되었다.'

그리고 곧장 어둠 추적자 퀘스트로 이어지는 환상의 시나리오. 만약 메인 에피소드 퀘스트를 순서대로 차근차근 진행했다면 못해도 두 달은 걸렸을 것이다.

애초에 메인 에피소드 퀘스트는 하루아침에 깨라고 만들어 놓은 것이 아니기 때문이다.

'두 달이 뭐야. 재수 없으면 서너 달이 걸렸을 수도 있지.'

카이에게는 정보가 없다. 물론 커뮤니티에는 다양하고 방대한 정보가 떠돌아다니지만, 그 정보들에는 실속이 없다.

'정작 중요한 건 자기들끼리 다 해먹으니까 말이지.'

미드 온라인에서 길드가 괜히 중요시되는 것이 아니다. 길드는 비록 개개인이 약할지라도, 단체라는 이점을 충분히 발휘할 수 있기에 중요하다. 우선 손과 발의 개수부터 다르다.

'나는 혼자서 정보를 수집하고, 재료를 모으고, 지도를 밝히고, 싸우고, NPC에게 퀘스트를 받아야 하지만…….'

길드는 그 모든 일을 분담할 수 있다.

정보 수집, 퀘스트 진행, 전투 요원까지…… 모든 일을 체계적으로 나누는 것이야말로 상위 길드의 기본 조건.

그런 지원을 기대하지 못하는 카이는 하나부터 열까지 스스로 힘으로 해내야 했다. 그 사실이 딱히 슬프지는 않았다.

'성공만 하면, 그 녀석들보다 먹을 수 있는 조각은 많아.'

쿠키 하나를 나눠 먹어야 하는 녀석들과는 달리, 자신은 혼자서 독차지할 수 있다.

그것이야말로 카이가 태양의 사제라는 직업을 얻은 뒤 솔플을 고집했던 이유임과 동시에, 앞으로도 솔플을 해나갈 생각을 하는 이유였다.

"스스로의 실력이 다른 이들보다 많이 부족하다는 것은 알고 있으리라 생각하네."

"물론입니다. 대신 그들보다 몇 배는 더 노력하겠습니다."

"노력하는 것만으로는 안 되네. 사실 이번에도…… 가져온 비늘이 이런 것만 아니었다면 자네를 받아들이는 일은 없었을 거야."

타르달이 하카스의 비늘을 톡톡 두드리며 말했다.

"실력을 계속해서 입증하게."

"예."

카이는 본능적으로 타르달이 새로운 임무를 내려줄 것이라고 느꼈다.

'말은 임무지만 사실 이것도 시험의 연장선이다.'

아마 카이의 실력이 다른 이들을 따라잡을 때까지는 임무라 불리는 시험이 계속될 것이다. 하지만 불만은 없다. 아니,

오히려 이런 종류의 시험은 대환영이었다.

스윽.

타르달이 서랍에서 꺼낸 지도 한 장을 책상 위로 내밀었다. 곧장 지도를 확인한 카이가 고개를 갸웃거렸다.

"콘데른 영지……?"

"다른 어둠 추적자들에게서 지원 요청이 들어왔네."

"지원 요청이라, 제가 뭘 해야 합니까?"

"그곳으로 가서 다른 어둠 추적자들을 돕게."

"기간은요?"

"삼 일 안에 도착해 줬으면 좋겠군."

"지금 바로 출발하겠습니다."

자리에서 일어나는 카이를 타르달의 목소리가 붙잡았다.

"아, 그리고 임무가 완료되면 곧장 돌아오게."

톡톡.

하카스의 비늘을 두드린 타르달이 말했다.

"어둠 추적자의 입단 시험으로 비늘을 구해오라는 이유를 그때 알려주도록 하지."

"알겠습니다, 그럼."

허리를 꾸벅 숙인 카이는 저택을 나서며 미니맵을 활성화했다.

'삼 일이라…… 시간은 넉넉하네.'

가방 안의 비늘을 흘깃 쳐다본 카이는 곧장 글렌데일로 향했다.

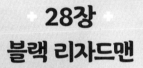

28장
블랙 리자드맨

"여긴 그사이에 사람이 더 늘었네."

사제복 차림으로 북적거리는 거리를 살피던 카이는 짤막한 감상을 늘어놓았다.

'그리고 대장간에 줄 서 있는 사람은 더 많아졌고.'

못해도 한 시간은 기다려야 할 것 같은 기다란 줄.

하지만 카이는 고민 없이 대장간의 뒤편으로 향했다.

'다음부터는 굳이 줄을 설 필요가 없다고 했지.'

솔리드에게 특별 취급을 받는 카이였기에 뒷문으로의 출입이 허용된 것이었다. 그에게 건네받은 열쇠로 문을 열고 들어서자 공방으로 바로 연결되는 통로가 나타났다.

"음?"

뒷문이 열리는 소리를 들은 솔리드가 몸을 돌리더니, 카이를 발견하고는 눈을 휘둥그렇게 떴다.

"이게 누군가? 카이 아닌가!"

곧장 털털한 웃음을 흘린 솔리드는 망치를 내려놓으며 카이에게 다가왔다.

"생각보다 일찍 재회하게 되었군. 그동안 잘 지냈나?"

"저야 잘 지냈죠. 솔리드 님은요?"

"대장장이야 망치 휘두를 힘만 있으면 잘 지내는 거 아니겠나. 그나저나……."

카이의 몸을 훑어본 솔리드가 작은 탄성을 터뜨렸다.

"자네는 대체 뭘 먹고 다니는 건가? 잠시 못 본 사이에 이토록 강해지다니……."

"일에 치여 여기저기 돌아다니다 보니 그렇게 됐습니다."

"껄껄. 모험가가 입에 담을 수 있는 최고의 인사말이로군. 자, 그럼 강해진 만큼 새로운 장비가 필요해서 찾아온 거겠지?"

"예, 마침 좋은 재료도 구하게 됐거든요."

"호오, 겸손한 자네 입에서 좋은 재료라는 말이 나오다니. 제법 기대가 되는군, 그래."

손이 근질거리는지 어서 재료를 꺼내 보라는 제스처를 취하는 솔리드를 보고 탁자에 하카스의 비늘을 올려놓았다. 비늘을 본 솔리드는 감탄과 비슷한 비명을 터뜨렸다.

"오오오! 평생 보아왔던 비늘 중 단연코 최상급 품질의 비늘이로군!"

연신 비늘을 요리조리 돌려보던 솔리드는 심지어 망치를 가져와 두드려보기까지 했다.

"단단하고 마법 저항력도 높아 보여. 색깔이 너무 튀어서 조금 별로지만…… 자네는 그런 거 신경 안 쓰지?"

"예. 성능만 좋으면 외관 따위는 아무래도 상관없습니다."

"쯧쯧쯔…… 요즘의 젊은 모험가들이랑은 영 딴판이구만."

솔리드는 패션 감각을 상실한 카이를 나무랐지만, 여전히 미소를 짓고 있었다.

"뭐, 그런 무덤덤하고 실용적인 면이 마음에 들지만 말이지."

카이의 어깨를 친근하게 툭툭 두드린 솔리드가 비늘을 제품에 한 아름 껴안고 작업대에 올리더니 물었다.

"이 정도 양이면 세트 하나를 뽑아낼 수 있을 것 같은데…… 자네의 선택이 필요할 것 같군. 지금 자네가 입을 수 있는 수준의 장비를 만들고 성능을 조금 떨어뜨리는 것과 지금의 자네는 입을 수 없지만, 재료의 성능을 온전히 뽑아내는 방법이 있지."

"음……."

미간을 찌푸린 카이는 고민에 빠져들었다.

'확실히…… 하카스의 비늘은 165레벨짜리 보스 몬스터가 뱉어낸 거였지.'

만약 솔리드가 작정하고 만들면 착용 제한 165레벨의 세트 아이템이 튀어나올지도 모른다.

'하지만 그래서는 곤란해.'

지금 자신에게 필요한 것은 당장 전력이 되어줄 수 있는 장비였으니까.

'지금 내 레벨이 88이니까…… 100레벨 정도의 아이템이면 딱 적당할 것 같은데.'

최근에 선행 스탯도 크게 늘었기 때문에 100레벨까지는 칠흑의 원한 세트로 어찌어찌 버틸 자신이 있었다.

"지금 당장 입을 필요는 없습니다만…… 착용 제한이 너무 높아도 곤란할 것 같네요."

"흠. 그럼 약간 더 성장했을 때 입을 수 있는 수준으로 만들면 된다는 소리로군?"

역시 개떡같이 말해도 찰떡같이 알아듣는 솔리드.

카이가 고개를 끄덕이자, 솔리드도 진한 미소로 화답했다.

"좋아! 저번처럼 최고의 걸작을 한 번 뽑아보도록 하겠네."

"부탁드립니다. 아! 그럼 대금은 얼마나……."

"어디 보자……."

잠시 셈을 하던 솔리드는 이내 귀찮다는 표정을 지으며 말했다.

"에이, 이번에는 그냥 무료로 해주겠네."

"정말…… 이세요?"

카이가 멍한 표정으로 눈만 깜빡였다.

칠흑의 원한 세트를 만들 때 냈던 돈이 7골드였던 것을 생각하면, 못해도 15골드는 내야 할 것으로 생각했기 때문이다. 하지만 솔리드는 오히려 고맙다는 표정을 지었다.

"자네 덕분에 내 실력이 오르지 않았나. 왕실에서 내 실력을 인정하여 보상이 더 좋아졌네. 그리고 찾아오는 손님들도 늘어났으니 이번에는 내 고마움의 표시라고 생각하게."

"하지만 감사의 표시는 지난번에 전부 받았다고 생각합니다만……."

"그래서, 안 받을 건가?"

"아니요! 감사히 받겠습니다."

두 번 거절은 안 하는 카이.

망치의 뒷부분으로 제 정수리를 긁적거리던 솔리드가 말했다.

"그나저나 이번에는 제법 시간이 걸릴 것 같군. 이 주일 정도 후에 오게나."

"딱 좋네요."

2주면 지금의 카이가 100레벨을 찍기엔 충분하다 못해 넘치는 시간이다.

"대신 다음에 올 때 좋은 술이나 한 병 가져오게!"

"기대하셔도 좋을 겁니다."

꿈꿈

콘데른 영지 근처에서 가장 유명한 사냥터는 다름 아닌 리자드맨의 늪지대다. 시종일관 끈적거리는 바닥과 더불어 전술을 이해하고 사용할 줄 아는 리자드맨들.

하나만 있어도 엿 같은 요소가 두 개나 겹친 이곳은 유저들에게 빅엿을 선사하는 사냥터로 정말 유명했다.

'여기인가.'

늪지대의 입구에 쌓인 석탑, 타르달이 말한 접선 장소는 바로 그곳이었다. 카이가 그 옆에 서서 멀뚱멀뚱 주변을 둘러보자, 한 남자가 다가왔다.

"일찍 오셨군요. 반갑습니다."

악수를 내미는 그의 손을 붙잡자, 머리 위로 이름이 떠올랐다.

'네일…… NPC네.'

레벨 130의 안내인 NPC 네일은 카이를 곧장 늪지대의 내부로 안내했다.

"타르달 님에게 설명을 들었는지는 모르겠지만, 오늘은 단순히 견학만 하실 겁니다."

"그런…… 말은 못 들었습니다만."

"하하하. 타르달 님이 원체 입이 무거우시니까요. 하지만 이제 갓 입단한 신입에게 어려운 일을 맡기기도 힘드니까, 우선 현장에서 선배들이 일하는 모습을 보고 감을 익힌다고 생각하시면 편할 겁니다."

한마디로 오늘은 자신이 활약할 무대가 없다는 소리.

카이는 작은 아쉬움을 삼키며 고개를 끄덕였다.

"어쩔 수 없죠. 그럼 제가 할 일은 뭡니까?"

"태양교의 사제시라고 들었습니다. 다른 추적자들이 위험에 빠지면 적당히 서포트해 주시면 되겠습니다."

"그러죠."

네일은 능숙한 발놀림으로 늪지대를 척척 걸어나갔다.

잠시 후 그들이 도착한 곳은 늪지대의 중앙 부근의 자그마한 언덕.

그곳에는 일곱 명의 남녀가 옹기종기 모여 휴식을 취하고 있었다. 카이는 그들의 면면을 천천히 살펴보더니 고개를 작게 끄덕였다.

'유저는 없는 것 같네.'

한마디로 오늘은 NPC들과의 협동 사냥이라는 뜻.

카이가 도착한 것을 확인한 어둠 추적자들이 입을 열었다.

"삼 일 후에 올 수도 있다고 들었는데, 빨리 왔군."

"쯧, 대의도 모르는 모험가 놈들이 어둠 추적자에 어울리기나 한지는 아직도 모르겠지만."

"생긴 것도 영 비실비실해 보인다만."

각자의 눈으로 카이를 품평한 그들의 시선은 결코 호의적이지 않았다.

"어쨌든 이번에는 저 애송이를 데려가라고 지침이 내려왔으니 어쩔 수 없지. 그럼 가자고."

무리의 리더로 보이는 야만 전사는 도끼를 어깨에 걸치며 힘찬 발걸음으로 앞장섰다. 행렬의 꼬리에 따라붙은 네일은 연신 선배처럼 카이에게 이런저런 사실들을 가르쳐 줬다.

"기분은 조금 나쁘시겠지만…… 카이 님께서 참으시죠."

"왜들 저럽니까? 혹시 제가 뭐 잘못한 거라도?"

"아! 오해하시진 마십시오. 딱히 카이 님을 싫어하는 건 아닙니다. 다만…… 모험가를 좀 배척할 뿐이죠."

카이가 고개를 돌려 네일을 빤히 쳐다봤다.

다분히 설명을 요구하는 그 눈빛에 네일은 뒷머리를 긁적이며 조용한 목소리로 말했다.

"아시다시피 모험가들의 성장 속도는 빠르지 않습니까. 저들도 초기에는 모험가들을 물심양면으로 도와줬습니다. 빠른 성장을 이뤄내는 모험가들은 어둠 추적자의 강력한 힘이 되어

줄 것이라고 믿으면서요. 하지만 그들이 가르친 모험가 중 몇 명은 강해지는 순간 그들을 깔보고 무시하기 시작했습니다. 그때부터 저들은 모험가들을 미워하기 시작한 거죠.”

“흠.”

설명을 들었음에도 카이의 뚱한 표정은 풀리지 않았다.

‘그럼 자신들을 깔본 녀석한테나 투정부리지, 왜 나한테 이래?’

그야말로 종로에서 뺨 맞고, 한강에서 화풀이하는 격!

당연히 화풀이의 대상이 된 카이는 기분이 좋을 리 없었다. 그나마 안내인인 네일이 옆에서 살갑게 이런저런 설명을 해줬기에 화를 삭일 수 있었다.

“카이 님도 앞으로 다양한 임무를 수행하게 될 테지만, 아마 당분간 단독 임무는 없을 겁니다.”

“왜죠?”

“모험가들이 단독 임무를 맡으려면 실적이 뛰어나거나 지닌 바 능력이 정말 출중해야 합니다. 그러니 카이 님은 실적이 쌓이기 전까지는 지금처럼 다른 이들을 지원하는 임무를 위주로 받게 될 겁니다.”

“흐음…….”

역시 치열한 경쟁 사회에서 본인의 능력을 어필하는 건 뛰어난 실적뿐.

카이는 네일을 힐긋 쳐다보며 물었다.

"그래서 오늘 잡을 녀석은 뭡니까?"

"아차, 제 정신이 이렇습니다. 아마 오늘 잡을 녀석은 블랙 리자드맨이 될 것 같습니다."

"블랙 리자드맨?"

한 번도 들어본 적 없는 몬스터의 이름에 카이가 의문을 표시했다.

"아직 정식 명칭은 아니지만, 곧 명명될 녀석입니다. 혹시 어둠의 정수를 받아들인 녀석을 처치하면 어둠의 정수가 나오는 건 알고 계십니까?"

"예. 동시에 인근의 몬스터들도 다시 약해지고요."

"맞습니다. 저희 어둠 추적자가 주로 하는 일이 그렇습니다. 어둠의 정수에 물든 몬스터들을 처치하고 일대의 몬스터들을 다시 정상으로 돌리는 것이 주된 목적이죠."

"그럼 뮬딘 교의 뒤를 쫓는 건 누가 합니까?"

"그건 어둠 추적자 중에서도 실력이 뛰어난 이들이 단독으로 맡는 임무입니다. 저희에겐 아직 멀었죠, 하하."

머리를 긁적이며 대꾸하는 네일을 슬쩍 쳐다본 카이는 다시 화제를 전환했다.

"그래서 이번에는 블랙 리자드맨이라는 녀석이 정수를 꿀꺽한 놈인가요?"

"예. 어둠에 물들기 전에는 뭘 하는 놈이었는지 모르겠지만…… 멀리서 확인한 결과 두 자루의 곡도를 들고 다니는 걸로 봐서는 리자드맨 전사였을 것 같습니다."

"그렇군요."

"정지."

야만 전사가 손을 들어 일행을 정지시켰다.

그를 따라 멈춘 카이는 전방의 바위에 앉아 있는 검은색의 리자드맨을 눈에 담았다.

'저게 블랙 리자드맨.'

듣던 대로 등 뒤에는 두 자루의 곡도를 매달고 있었으며, 도마뱀 같은 비늘 가죽이 전신을 뒤덮고 있었다.

"일곱 방향에서 포위한 뒤 순식간에 끝낸다."

"빨리 끝내고 갑시다."

"저렇게 무방비한 녀석이라니…… 퓰딘 교 녀석들도 실수를 하는군."

블랙 리자드맨의 뒷모습을 쳐다보던 추적자들은 한껏 여유로움을 뽐내며 곧 다가올 전투를 준비했다.

"아, 깜빡했군."

리더인 야만 전사가 카이를 돌아보더니, 검지로 땅을 가리켰다.

"우린 지금부터 놈을 사냥할 테니, 방해하지 말고 여기에서 구경이나 하면 된다. 여차하면 근처의 나무나 바위 뒤에 숨어 있어도 좋고."

"……."

카이가 팔짱을 낀 채 별다른 대꾸를 하지 않자, 야만 전사는 피식 웃으며 제 도끼를 들었다.

동시에 표정이 살벌하게 바뀌는 추적자들.

성격은 어떨지 몰라도, 사냥감을 눈앞에 둔 그들의 자세만큼은 확실히 프로라 불릴 만했다.

스르르릉. 철그럭.

그들이 무기를 뽑아 드는 순간, 블랙 리자드맨의 귀가 움찔거렸다. 동시에 자리에 앉아 있던 녀석이 천천히 일어나기 시작했다.

"이런, 이 거리에서 소리를 들었다고?"

"지금 알아채 봤자 이미 늦었어."

"우선 포위망부터 좁혀서 도망을 못 치게 만든다!"

순식간에 부채꼴로 퍼져 나간 일곱 명의 추적자들은 블랙 리자드맨의 전방을 포위했다.

동시에 여성 마법사가 주문을 외웠다.

"어스 월!"

쿠구구구긍!

늪지대를 뚫고 솟아난 토벽(土壁)이 녀석의 후방을 완벽하게 막아버렸다. 앞에는 일곱 명의 추적자, 뒤로는 토벽!

빠져나갈 곳이 사라진 녀석은 살기가 담긴 샛노란 눈을 번들거렸다.

'이건 끝났네.'

비록 자신의 마음에는 들지는 않는다지만 추적자들의 실력은 인정할 수밖에 없었다.

2초도 되지 않을 찰나의 순간에 녀석을 완벽하게 포위하는 모습은 그들이 하루 이틀 손발을 맞춘 것이 아니었음을 보여줬으니까.

"으랴아압!"

야만 전사가 앞으로 튀어나가며 거대한 도끼를 휘둘렀다.

무기의 크기와 커다란 덩치와는 어울리지 않는, 쾌속의 일격.

하지만 다음 순간 들린 것은, 살갗이나 뼈가 부서지는 소리가 아니었다.

촤아아아악!

마치 커다란 바위를 물에 떨어뜨렸을 때 날 것만 같은 소리. 자연스럽게 팔짱을 푼 카이가 인상을 찡그렸다.

'……뭐야, 저 속도는?'

그야말로 신속(神速)이라 불릴 만한 아득한 속도.

블랙 리자드맨은 자신의 발아래에 깔린 채 버둥거리는 야만 전사를 내려다보며, 뱀처럼 갈라진 혀로 입술을 핥았다.

츄릅.

카이는 조금 전 자신이 눈에 보인 광경을 떠올리며 눈을 감았다.

'도끼가 날아드는 그 짧은 순간 이루어진 동작은 총 세 가지.'

눈을 감는 순간 머릿속에서 녀석이 선보였던 움직임이 재생되었다.

순식간에 등 뒤의 곡도 두 자루를 뽑아 도끼를 막아내는 모습. 그와 동시에 꼬리를 상대방의 종아리에 휘감으며 잡아당기고, 발로 차올려 야만 전사의 가슴을 짓누른다.

그야말로 숨 쉬는 것처럼 자연스럽게 이루어진 동작이었기에, 야만 전사가 뒤로 넘어간 것이 당연한 일처럼 느껴질 정도.

"이, 이게 대체?"

카이의 옆에서 함께 전투를 지켜보던 네일이 당황한 신음을 흘렸다. 동시에 추적자들이 소리쳤다.

"말도 안 되는 속도다!"

"젠장, 제프 녀석이 당했어."

"나와 레나가 놈의 시선을 끌 테니 제프부터 구해!"

동료가 당했지만 분노에 사로잡혀 움직이지 않고, 철저히 호흡을 맞춰 움직이는 추적자들의 순차적으로 이루어지는 공격은 가히 맹공이라 칭할 만했다.

하지만, 그 어떤 강력한 공격일지라도 적에게 닿지 않으면 의미는 없다.

콰드득, 콰드득.

야만 전사의 가슴과 머리를 짓밟으며 천천히 걸어 나오는 블랙 리자드맨은 자신을 향해 날아드는 공격을 끝까지 쳐다보며 기형적으로 몸을 비틀었다.

공격을 피할 수 있는 최적의 방위를 점하는, 최소한의 움직임. 그의 몸이 움직일 때마다 녀석을 향해 쏘아지던 맹공은 덧없는 일격으로 전락했다.

"무, 무슨 놈의 움직임이……!"

"레나, 우선 녀석을 가둬."

"알겠어. 어스 월!"

다시 한번 땅을 진동하며 솟아오르는 흙의 벽!

하지만 이미 한 번 겪어본 탓일까, 블랙 리자드맨의 대처는 신속했다.

탁, 타탓!

솟아오르는 벽을 지그재그로 밟으며 흙의 감옥이 닫히기 전에 위로 솟구친 리자드맨.

허공에 떠오른 녀석은 주변에 돋아난 나뭇가지를 밟으며 여자 마법사에게 달려들었다.

"이런, 레나!"

"걱정 마! 에어 붐!"

퍼어어엉!

주변의 마나가 소용돌이처럼 모이더니, 레나의 코앞에서 공기의 폭탄이 되어 터져 나갔다.

당연히 가까운 거리에서 공격을 얻어맞은 블랙 리자드맨은…….

"피해가 없어!"

찢어지는 레나의 비명과 함께 방패처럼 교차하고 있던 두 자루의 곡도가 풀린다.

그 뒤로 드러나는 건 블랙 리자드맨의 사나운 눈초리.

쇄애애액!

마치 가위질을 하듯, 좌우에서 날아들며 레나의 목을 노리는 곡도.

챙, 채앵!

순식간에 레나를 지원한 두 명의 전사가 곡도를 쳐내며 그녀를 뒤로 끌어냈다.

하지만 공격이 실패로 돌아간 즉시 몸을 회전한 블랙 리자드맨. 가시 박힌 그의 꼬리는 후퇴를 허락하지 않았다.

콰드드드득!

"꺼억……!"

"우우웁!"

"꺄악!"

두꺼운 꼬리에 사이좋게 얻어맞은 추적자들은 뼈와 장기가 파괴되며 뒤로 날아갔다.

이 상황을 보다 못한 네일이 무기를 뽑아 들면서 카이를 돌아봤다.

"아무리 생각해도 이건 판단 오류입니다! 설마 어둠의 정수를 통해 리자드맨이 저렇게까지 강해질 줄이야……! 전 저들을 지원할 테니 카이 님은 지금 당장 타르달 님께 돌아가서 추가적인 지원을……."

가만히 서서 말을 듣고 있던 카이가 손을 들어 그의 말을 잘랐다.

"저 녀석은 그럴 생각이 없어 보이는데요."

"예? 그게 무슨……."

쇄애애애액!

다음 순간, 한 자루의 도끼가 두 사람에게 날아들었다.

"숙여요."

"어억!"

순식간에 네일의 머리를 짓눌러 공격을 무위로 돌린 카이는 리자드맨을 쳐다봤다.

한 놈도 놓치지 않겠다는 듯 탐욕스러운 눈을 번들거리는 블랙 리자드맨. 그는 바닥에서 주워 던진 도끼가 허공을 가르자 아쉬운 표정으로 혀를 날름거렸다.

그와 동시에.

콰드득!

"아악!"

녀석은 큼지막한 발로 레나의 머리를 가볍게 짓밟았다.

마치 도망을 치고 싶으면 치라고, 하지만 이 녀석들은 확실하게 죽는다고 말하는 듯한 모습.

몬스터에게 도발을 당한 카이가 어깨를 으쓱거리며 네일을 돌아봤다.

"아아, 어쩌죠? 엄청 도망치고 싶은데, 보내주지를 않네."

영혼이라고는 1g도 포함되지 않은 무감정한 음성!

아직까지 서늘한 제 목덜미를 더듬거리며 식은땀을 줄줄 흘리던 네일은 카이를 올려다봤다.

'그런데…… 카이 씨는 사제인데 대체 어떻게 방금 공격을 피했지?'

단순한 우연일까?

네일이 그에 대한 질문을 던지기도 전에 카이가 입을 열었다.

"어쩔 수 없군요. 우선 제가 녀석을 상대할 테니 저기 저 녀석들부터 좀 챙기세요. 태양의 축복, 태양의 갑옷……."

"예? 그게 무슨 말입니까? 아무리 모험가들이 부활의 권능을 지니고 있다지만, 첫 임무에 파견된 단원이 전투를 치르는 건 이상합니다!"

"그럼 자칭 선배라는 녀석들이 저렇게 누워 있는 건 정상입니까?"

"그, 그건……."

얼굴을 붉게 물들인 네일은 입술을 달싹거렸지만 차마 변명하지는 못했다.

"이걸로 저 녀석들 치료부터 해주세요."

붉은 포션을 몇 병 꺼내 네일에게 던진 카이가 언덕길을 빠르게 내려가기 시작했다.

마치 육상 선수처럼 깔끔한 자세로 뛰어가는 카이의 눈에는 오로지 블랙 리자드맨만이 들어왔다.

'저 녀석, 엄청 강하다.'

그 기분을 느낀 건 혼자만이 아니었는지, 블랙 리자드맨도 곧 다가올 격돌에 흥분하며 혀를 날름거렸다.

그리고 다음 순간 꼬리로 레나를 휘감더니, 카이에게 던지는 녀석.

"크윽!"

허공에서 그녀를 낚아챈 카이는 그대로 늪에 던져 버렸다.

"꺄악!"

늪이라서 다칠 일이 없으니까 가능한 과감한 행동!

"케르르륵."

그 모습을 재미있다는 듯 쳐다보던 블랙 리자드맨은 두 사람의 거리가 가까워진 순간, 꼬리를 매섭게 휘둘렀다.

'꼬리 공격은 강하지만 느려. 그래서 이 녀석은 항상 꼬리를 견제용으로만 사용한다.'

전투를 지켜보면서 녀석을 분석한 카이의 몸이 딱 보폭 하나만큼 왼쪽으로 이동했다.

촤아아아악!

그 약간의 이동은 완벽하게 공격을 피해냈고, 꼬리는 애꿎은 늪을 강타했다.

마치 늪 속에서 폭탄이라도 터진 것처럼 하늘을 향해 비산하는 물방울들.

한 치 앞도 보이지 않는 상황에서 블랙 리자드맨이 고른 선택지는 곡도를 휘두르는 것이었다.

부우우우욱! 부욱!

두 자루의 곡도는 분명히 뭔가를 찢어발겼다. 하지만 자신이 예상하던 인간의 살점은 아니었기에, 블랙 리자드맨의 눈이 크게 뜨였다.

"크륵!"

곡도가 잘라낸 것은 카이의 몸이 아닌, 나풀거리는 사제복.

황급히 뒷걸음치며 고개를 들어 올리는 리자드맨의 얼굴로 카이의 손바닥이 가볍게 엎혀졌다.

"홀리 익스플로전!"

콰아아아앙!

아무리 녀석의 반응속도가 괴물 같다지만 제로 거리에서 쏘아지는 공격을 피할 수단은 없다. 엄청난 충격을 받은 녀석은 마치 프레셔 기계에 넣은 박스처럼 찌그러지며 늪에 처박혔다.

'이 정도면 우선 기선 제압 정도는…… 안 되었나.'

상처 입은 맹수가 그러하듯, 자신이 분노했다는 것을 두 눈동자에 가감 없이 담은 녀석.

녀석의 우렁찬 표효가 늪지대를 쩌렁쩌렁하게 울렸다.

"키르아아아아아악!"

[블랙 리자드맨의 피어가 당신을 위축시킵니다.]

[상태 이상 '위축'에 걸렸습니다.]

[위엄 스탯으로 인해 피어의 효과가 줄어듭니다.]

[높은 마법 저항력으로 인해 피어의 효과가 대폭 줄어듭니다.]

['위축' 상태를 저항합니다.]

"오호?"

최근 들어 급상승한 마법 저항력의 위력을 톡톡히 보는 카이!

블랙 리자드맨은 카이가 위축에 걸리지 않자, 이빨을 드러
내며 으르렁거렸다.

'옛날 같았으면 저 모습을 보고 살짝 겁먹었겠지만······.'

지금은?

누가 웃기지도 않았건만, 카이는 웃음을 터뜨렸다.

며칠 전 하카스와의 전투에서도 겁먹지 않았던 자신이다.

그런데 이제 와서 레벨 110짜리의, 그것도 늪에 엎어져 있는
리자드맨 따위에게 겁을 먹을 이유는 없었다.

"인벤토리 오픈, 칠흑의 원한 세트로 장비 변경."

카이의 전신을 칠흑의 갑옷이 덧칠하는 것과 동시에 리자드
맨이 늪에서 빠져나왔다.

"캬아아아아아악!"

다시 한번 자신의 존재를 어필하는 포효.

녀석은 바닥에 떨어진 곡도들을 낚아채더니 그대로 카이에
게 달려들었다.

리자드맨은 평상시에는 인간처럼 이족보행을 하지만, 가장
빨리 달려야 하는 순간에는 도마뱀처럼 사족보행을 한다.

지금 녀석이 딱 그러했다.

타다닥, 타닥, 타다닥!

눈 깜짝할 사이 접근한 녀석은 바닥을 박차고 튀어 오르면
서 곡도를 아래에서 위로 그었다.

까강, 까가강!

두 사람의 거리가 서로의 콧김을 느낄 수 있을 만큼 훅 가까워졌다가.

채앵!

다시 멀찍이 떨어졌다.

카이는 아직까지 저릿저릿한 충격이 느껴지는 손아귀를 슬쩍 쳐다봤다.

'속도만 빠른 게 아니야. 공격도 정확하고, 강력하다.'

멀리서 볼 때는 그저 제법 빠르다고 생각했지만, 직접 검을 부딪쳐보니 제법 정도가 아니다.

체감 속도가 못해도 배 이상은 올라간 것 같은 기분!

잠깐이라도 방심하면 치명상을 입을 것이 확실한 위험천만한 상대이다.

'오히려 안전하기로 따지면 하카스 때가 더 안전했지.'

그때는 불사의 의지 스킬 덕분에 적어도 죽을 일은 없었다. 하지만 재사용 쿨타임이 30일이나 되는 스킬은 아쉽게도 현재 비활성화 상태였다.

"후우, 요즘 꿀 좀 빠나 했는데……."

아쉬운 마음으로 투덜거리는 카이의 주변을, 블랙 리자드맨이 빠른 속도로 돌기 시작했다.

파바밧, 파바바밧!

도마뱀처럼 바닥을 기어 다니며 카이를 중심으로 원을 그리는 녀석.

카이의 눈으로도 완전히 따라잡기 힘든 이동속도를 선보이던 녀석의 모습은 갑자기 사라졌다.

"뭐, 뭐야?"

깜짝 놀란 카이가 황급히 주변을 둘러봤다.

'없다?'

전후좌우, 혹시나 해서 살펴본 나무 위까지.

녀석의 모습이 보이지 않아 고개가 갸웃하던 찰나, 바닥에서 갑자기 곡도가 솟구쳤다.

서걱!

"크윽!"

한 박자 느리게 반응한 탓에 처음으로 공격을 허용한 카이.

그 사이 블랙 리자드맨은 다시 바닥에 납작 엎드리더니 모습을 감추었다.

'저건…… 은신 스킬인가?'

눈앞에서 사라지는 기묘한 스킬.

당황한 카이가 주변을 경계하자, 뒤쪽의 네일이 소리쳤다.

"누, 눈을 믿지 마십시오!"

"……예?"

"저건 일부 리자드맨들이 사용하는 스킬인 카모플라쥬

(Camouflage)입니다!"

"카모…… 플라쥬라고요? 이게?"

카모플라쥬란 프랑스어로 위장, 속임수를 뜻한다. 한마디로 블랙 리자드맨은 마치 카멜레온이라도 되는 것처럼, 주변의 환경과 자신의 피부색을 동기화하고 있다는 뜻!

그 사실을 깨우친 카이가 버럭 소리쳤다.

"이런 젠장! 당장 이름 바꿔요. 그럼 블랙 리자드맨이 아니잖아요!"

"그, 그건 말씀드렸다시피 아직 정식 명칭이 아니라……"

우물쭈물 말을 잇는 네일을 뒤로한 카이는 다시 한번 주변을 둘러봤다. 하지만 아무리 눈을 크게 뜨고 찾아봐도, 바닥의 나뭇잎과 나무, 바위와 일체화한 녀석을 눈으로 구분하는 건 불가능에 가까웠다.

'젠장, 곡도도 들고 있는 녀석을 찾기가 이렇게 힘들 줄이야.'

카모플라쥬 스킬은 추적이나 적군 탐지 스킬이 없는 이상 발견이 불가능할 정도.

'내 눈으로는 녀석을 찾아낼 수가 없어.'

그것을 깨닫는 순간, 카이는 몸의 힘을 풀어버렸다. 꼿꼿하게 세워져 있던 목과 어깨는 새벽 두 시에 독서실을 나서는 고3 학생처럼 축 늘어졌다.

"……?"

바닥에 납작 엎드린 채 기회를 포착하던 블랙 리자드맨조차 당황스럽게 만드는 태도.

그의 행동은 리자드맨은 물론이고 같은 종족인 인간들조차 이해시키지 못했다.

"카, 카이 씨 지금 뭐 하는 겁니까? 위험하다구요!"

"이길 수 없을 것 같다고 판단하고 전투를 포기한 건가…… 이래서 모험가 놈들이란!"

"저 녀석, 가만히 서서 포션이나 마시고 있잖아?"

걱정과 불만을 토로하는 NPC들의 말을 한 귀로 흘린 카이는 며칠 전을 떠올랐다.

'아쿠에리아에서 강철 거북이를 잡기 위해 낚시를 했었지.'

낚시를 할 때 물고기가 잘 보이지 않는다고 직접 물속에 뛰어드는 멍청이는 없다.

몇 시간이 걸릴지라도 한 자리에서 가만히 기다려야 한다.

'그리고 대개 낚시의 승자는…….'

바스락.

축축한 나뭇잎이 짓밟히는 소리와 함께 리자드맨이 등 뒤에서 카이를 덮쳤다. 동시에, 카이는 기다리고 있었다는 듯 몸을 돌리며 중얼거렸다.

"항상 더 오래 기다리는 쪽이지."

쨍그랑!

들고 있던 붉은 포션 병을 그대로 던진 카이!

블랙 리자드맨과 부딪친 병은 그대로 깨지면서 녀석의 피부에 붉은색 얼룩을 만들어냈다.

"혹은, 잔머리가 좀 더 뛰어난 녀석이거나."

당황한 블랙 리자드맨은 다시 바닥에 납작 엎드리며 카모플라쥬를 사용했다.

하지만 녀석은 자신의 피부 가죽에 묻은 얼룩덜룩한 붉은 포션까지는 지워내지 못했다.

"이제 못 써, 그건."

짤막한 선고를 날린 카이는 신성 폭발까지 사용하며 놈에게 달려들었다.

결국 카모플라쥬가 통하지 않는다는 걸 깨달은 것일까.

회색 바위의 색깔로 변해 있던 녀석의 피부색이 다시 검은색으로 돌아왔다.

동시에 커졌다가 작아졌다를 반복하는 녀석의 노란색 동공!

'날 관찰하고 있다.'

관찰대상 1호가 된 카이의 오른손이 매서운 검격을 뿌려냈다.

채앵!

두 자루의 곡도가 마치 이빨처럼 카이의 검을 물어뜯었다.

동시에 녀석이 양쪽 손목을 살짝 회전시켰다. 그러자 저 멀리 떨어져 있던 검날이 순식간에 다가오며 카이의 손목을 노렸다.

"이런!"

기겁한 카이는 검을 빼내며 뒤로 훌쩍 물러났다.

찌푸린 표정이 그의 난감한 기분을 대변해 줬다.

'곡도…… 까다로운걸.'

곡도의 검날은 깨달은 자의 롱소드처럼 직선으로 뻗어 있지 않다. 중간을 기점으로 가파르게 꺾여 있는 기묘한 모양새. 멀리서 보면 검보다는 부메랑으로 보일 정도다.

그 때문인지 손목을 살짝만 돌려줘도 공격 범위가 제법 넓어졌다.

'골치 아픈 게 두 자루나 있으니…….'

우선 한 자루를 줄여보자.

그렇게 판단한 카이의 왼손이 불시에 빛을 뿜어냈다.

"케륵!"

어스 월을 상대하는 모습을 보면서도 느꼈지만, 이 녀석의 학습력은 굉장히 빨랐다.

카이의 왼손에서 뻗어져 나오는 홀리 익스플로젼.

그것을 한 번 얻어맞은 녀석은 필요 이상으로 왼손을 경계했고, 때문에 왼손이 빛나는 순간 몸을 숙였다.

'하지만…….'

녀석이 똑똑하다는 건 전투를 지켜본 카이도 익히 알고 있는 사실.

"훼이크다, 이 자식아!"

[생명력이 회복되었습니다.]

"키르윽!"

카이의 왼손에서 빛난 것은 햇살의 따스함!

그가 진짜 공격은 검을 잡고 있는 오른손의 검지에서 뿜어져 나왔다.

콰아아아앙!

"케르아아악!"

그 와중에 몸을 비틀어 직격을 피한 무시무시한 녀석.

하지만 빙빙 돌면서 뒤쪽으로 날아가는 곡도를 쳐다본 카이가 눈을 빛냈다.

'직격타는 못 먹였지만, 검은 한 자루 줄였다.'

이제 할 만하다. 그런 판단과 함께, 몸이 공기 저항을 무시하며 앞으로 튀어나갔다.

쇄애애애액!

벼락처럼 쇄도한 카이의 검이 블랙 리자드맨의 목을 향해 쏘아졌다.

부우웅!

녀석이 꼬리를 휘둘러 이를 막아내려고 했다. 자신의 비늘 가죽이 지닌 방어력을 믿은 것이었다.

하지만 녀석은 자신의 방어력은 잘 알고 있었을지 몰라도, 카이의 공격력은 잘 몰랐다. 그것이 결정적인 실수였다.

카이의 공격력은 녀석의 가죽을 찢어버리기에 차고 넘쳤으니까.

서걱!

"케아아아아아악!"

두꺼운 꼬리가 쿵 소리와 함께 바닥에 떨어지자 녀석은 비명을 티트리며 뒤로 물러났다. 물론 이 기세를 놓칠 생각이 없는 카이는 빠르게 녀석을 쫓아갔다.

"칼날 쇄도!"

치지지지징!

카이의 검에 맺힌 바람이 무시무시한 속도로 회전하며 녀석의 곡도를 그대로 날려 버렸다.

"됐다."

더 이상 공격할 수단을 잃어버린 블랙 리자드맨.

"그럼 잘 가라."

마지막 일격을 꽂기 위해 카이가 다시 한번 검을 들어 올렸을 때, 무언가가 비어 있는 그의 옆구리를 강타했다.

"커억!"

카이는 바닥을 구르며 뒤로 날아갔다.

그는 구르는 와중에 고개를 들어 무엇이 자신을 공격했는지 확인했다.

"아니! 저게 뭐야?"

시야에 들어온 것은 살랑살랑 흔들리는 녀석의 꼬리였다. 그것도 막 자라난 것을 증명이라도 하듯, 축축한 액체가 덕지덕지 묻어 있는 꼬리.

'누가 도마뱀 아니랄까 봐, 꼬리가 다시 자라나는구나.'

물론 그 사실이 이 유리한 전황을 바꿀 만큼 중요하지는 않다.

하지만, 그 순간 카이의 머릿속으로는 한 가지 생각이 스치고 지나갔다.

'이거 혹시……?'

몸에 묻은 흙과 나뭇잎을 툭툭 털면서 일어난 카이는 바닥에 떨어진 녀석의 꼬리를 주웠다.

[블랙 리자드맨의 꼬리]

등급 : 매직

설명 : 촘촘하고 단단한 비늘 가죽으로 덮여 있는 꼬리이다. 가죽은 벗겨내 장비를 제작할 수 있고, 남아 있는 꼬리의 살은 요리

재료로 일품!

"……호오?"

이후, 블랙 리자드맨을 바라보는 카이의 눈빛이 돌변했다.

"하나, 둘, 셋, 넷…… 열둘."

바닥에 가지런히 놓여 있는 꼬리를 세던 카이의 음성은 열둘에서 끝을 맺었다.

"끝인가?"

"뀨룩……."

시무룩한 눈빛으로 카이를 쳐다보던 블랙 리자드맨은 눈이 마주치자 곧장 눈을 내리깔았다.

불과 한 시간 전에 보여줬던 자신만만한 모습은 온데간데없는 초라한 모습.

하지만 녀석의 입장이 돼서 생각해 보면 누군들 같은 모습을 보여줄 것이다. 덤비는 족족 꼬리를 잘라내고는 꼬리가 다시 자라날 때까지 기다리는 무서운 존재.

그렇다고 오기로 꼬리를 재생하지 않으면?

그때는 실망한 표정으로 목을 베려고 한다.

결국 블랙 리자드맨은 죽기 살기로 끙끙대며 꼬리를 만들어 낼 수밖에 없었다.

"더 안 나와? 아랫배에 힘 좀 줘 봐."

"끄융······."

녀석이 안간힘을 쓰는 듯 인상을 찌푸렸지만, 더 이상 새로운 꼬리는 돋아나지 않았다.

"진짜 끝인가 보네. 그럼 이제 죽······ 음?"

검을 뽑으려던 카이가 고개를 갸웃거렸다.

'그런데 이 녀석, 피부색이 원래 이랬나?'

블랙 리자드맨은 원래 피부색이 검은색이었다. 그랬으니 블랙이라는 수식어가 붙은 것이고. 하지만 지금 녀석의 피부색은 검은색보다는 회색에 가까운 상태였다.

'그러고 보니 마지막 꼬리를 자르는 순간 피부색이 약간 바뀐 것 같기도······.'

고개를 갸웃거린 카이가 녀석을 죽여야 할지 말아야 할지 고민을 하던 찰나. 바닥에 놓여 있던 꼬리를 살펴보던 네일이 소리쳤다.

"카, 카이 님! 잠시 이쪽으로!"

"······뭡니까?"

네일에게 다가가자 그는 꼬리에서 꺼낸 무언가를 흔들어 보였다.

"이것 보십시오. 어둠의 정수입니다!"

"그게 왜 거기 있죠?"

"마지막 꼬리에서 발견되었습니다. 아마 꼬리가 생성되는 과정에서 어둠의 정수가 우연히 흘러 들어간 모양입니다."

"그럴…… 리가."

눈을 게슴츠레하게 뜬 카이가 블랙 리자드맨을 쳐다봤다.

"너, 일부러 그랬지?"

"키르륵?"

저는 아무것도 몰라요. 라는 순진무구한 눈동자를 내세우며 고개를 붕붕 젓는 녀석.

그 모습을 쳐다본 카이는 어이없다는 표정을 지으며 헛웃음을 터뜨렸다.

'하, 진짜 보통 똑똑한 게 아니네.'

어둠 추적자들이 자신을 사냥하러 온 이유가 어둠의 정수에 있다고 파악하고, 어둠의 정수를 꼬리를 통해 배출해내다니.

비록 어둠의 정수를 먹고 성격이 흉포해졌다지만, 본래 똑똑한 녀석이었기에 자신이 살 수 있는 유일한 방법을 찾아낸 것이리라.

"음……. 그럼 이 녀석은 어떻게 하지?"

더 이상 어둠의 정수에 물들어 있지 않은 녀석은 이름만 블랙 리자드맨인 존재에 지나지 않았다.

카이가 죽일지 말지를 고민하며 검 손잡이를 잡았다가 놓기를 반복하자, 녀석의 표정이 밝아졌다가 어두워지기를 반복했다.

한참을 고민한 카이가 결론을 내리고 손을 저으며 말했다.

"으음……. 잘 가라."

"크르륵!"

블랙 리자드맨이 울음을 터뜨렸다.

잘 가라는 말을 지옥으로 꺼지라는 뜻으로 받아들인 모양.

이에 카이는 재차 휘이휘이 손을 휘저었다.

"안 죽일 테니까, 가라고."

본래의 목적이었던 어둠의 정수도 손에 넣었고, 블랙 리자드맨의 꼬리도 12개나 얻었기 때문에 내릴 수 있는 자비로운 결정이었다.

'후우, 내가 이래서 잘생긴 호구 천사라고 욕을 먹는 건데…….'

실시간으로 이루어지는 자아 성찰까지!

"끼룩……?"

뒤통수라도 맞을까 두려워 의심 섞인 눈빛을 드러내는 녀석을 본 카이는 눈썹을 꿈틀거리며 경고했다.

"지금 안 가면 그냥 잡아버린다."

그 말을 들은 리자드맨이 눈을 크게 떴다.

조금 전까지 적이었던 상대가 자신을 그냥 보내준다는 걸 도저히 믿을 수 없다는 표정.

"안 가?"

"끼룩."

손을 내밀어 잠시 기다리라는 제스처를 취한 녀석은, 무언가를 골똘히 고민했다. 그러기를 잠시, 갑자기 바닥에 넙죽 엎드리면서 고개를 푹 숙였다.

"갑자기 뭐 하는⋯⋯."

의문을 표시하는 카이의 눈앞으로 메시지창이 주르륵 떠올랐다.

[블랙 리자드맨이 당신의 자비에 감복하여 복종의 절을 올렸습니다.]

[리자드맨은 강자를 숭상하는 종족. 블랙 리자드맨은 강하면서 자비롭기까지 한 당신을 따르고자 마음먹었습니다.]

[블랙 리자드맨을 길들일 수 있습니다.]

[길들인 몬스터에겐 장비를 입혀줄 수 있으며, 추후 스킬 북을 통해 소환과 역소환을 할 수 있습니다.]

[선행이란 종족이나 적아를 구분하지 않습니다. 태양신 헬릭은 일개 몬스터에게도 선행을 베푼 당신의 자비로움에 고개를 끄덕입니다.]

[선행 스탯이 3 상승합니다.]

"응……?"

깜짝 놀란 카이가 메시지를 한 번 읽고, 다시 한번 더 읽었다.

'이게 뭐야, 몬스터 테이밍이잖아?'

몬스터 테이밍. 말 그대로 몬스터를 길들여서 자신의 소환수처럼 사용하는 것을 의미했다.

하지만 카이는 테이머 클래스도 아닌 자신이 몬스터를 길들일 수 있을 것이라고는 상상조차 하지 못했다.

'물론…… 테이머 클래스가 아닌 1레벨 유저들이 토끼나 다람쥐 따위를 테이밍하는 건 몇 번 본 적이 있지만.'

본 적은 있다. 하지만 같은 몬스터로 분류된다고는 해도, 토끼랑 리자드맨 전사는 그 격 자체가 다르다.

타고난 지성과 무력, 그리고 레벨까지.

'얼떨떨하네.'

카이는 정말 얼떨떨한 표정으로 부복한 블랙 리자드맨의 뒤통수를 내려다봤다.

사실 이 상황은 정말 불가능에 가까운 확률을 뚫고 실현된 기적 같은 일이었다.

블랙 리자드맨은 어둠의 정수에 물들어 성정이 흉포해진 와중에 카이에게 열두 번을 덤벼 열두 번을 패배했다.

그 과정에서 조금씩 깎여져 나간 자존감과 그에 반비례해 커지는 삶에 대한 집착.

그런데 카이가 자비를 베풀어 목숨을 살려주자, 어둠의 정수를 배출해내고 평소의 성격대로 돌아온 녀석은 말 그대로 쓰나미 같은 감동을 느끼게 된 것이다.

사실 때린 놈이 용서해 준 것이니 감동을 받을 구석은 어디에도 없지만.

'흔들…… 다리 효과야, 뭐야?'

고개를 절레절레 흔들던 눈앞의 메시지창을 쳐다봤다.

[블랙 리자드맨을 길들이겠습니까?]
[예/아니오]

'받아들여서 나쁠 건…….'

없다.

오히려 조금 전까지 싸워봤던 상대이기에 마음은 한쪽으로 기울었다. 이 녀석을 받아들이는 순간, 즉각 전력으로 사용할 수 있다는 확신이 섰으니까.

고민 끝에 결국 카이는 긍정의 의사를 입에 담았다.

"예."

[블랙 리자드맨을 길들였습니다.]

[펫 상태창이 새롭게 추가되었습니다.]

[펫 상태창에서 블랙 리자드맨의 상태를 확인할 수 있습니다.]

"펫 상태창!"

새롭게 떠오른 인터페이스에는 블랙 리자드맨이 귀여운 SD 캐릭터로 생성되어 있었다.

[블랙 리자드맨]

등급 : 필드 보스

설명 : 리자드맨 전사 중 최고의 기재라 불리던 천재 검사. 리자드맨 일족의 전설적인 영웅 중 하나인 아타카의 재림이라고까지 불리던 존재이다. 두 자루의 곡도를 귀신처럼 사용하고 주변 사물에 본인을 동기화하는 것이 특징. 그 뛰어난 실력과 두뇌 때문에 물딘 교에 사로잡혀 어둠의 정수를 주입받게 되었다.

[포만감 : 41/100]

[충성도 : 35/100]

"오, 이렇게 자세하게 나오는 건가."

그 아래로는 블랙 리자드맨이 장비한 아이템이나 보유한 스킬들에 대한 설명도 있었다.

'보유한 장비는 곡도 두 자루가 전부고. 스킬은……'

[초급 리자드맨 검술 LV. 1]

등급 : 노말

[카모플라쥬 LV. 1]

등급 : 레어

[치유재생 LV. 1 Passive]

등급 : 노말

[동물적인 몸놀림 LV. 1 Passive]

등급 : 노말

[명석한 두뇌 LV. 1 Passive]

등급 : 레어

"윽……"

일개 몬스터 치고는 호화로운 스킬들이었지만 못해도 중급은 되었을 스킬이 모두 초급 1레벨로 너프된 상태였다.

'……하긴, 테이밍은 역시 키워가는 맛이니까.'

빠르게 상황을 납득한 카이는 블랙 리자드맨에게 손을 내밀었다.

"앞으로 잘 지내보자고."

"꾸르릉!"

감격한 표정으로 손을 덥석 붙잡는 녀석.

[블랙 리자드맨의 이름을 지을 수 있습니다.]
[이름을 지으면 충성도가 5 상승합니다.]

"음, 이름이라……."

카이는 턱을 문지르며 고민했다.

'종족 이름이 블랙 리자드맨이니까…… 블랙은 너무 유치하고. 검둥이? 이건 인종차별주의자 같잖아. 그렇다면…….'

마치 게임 캐릭터 닉네임을 지을 때처럼 선택 장애가 온 카이!

결국 5분 동안 끙끙거리던 그가 갑자기 손뼉을 쳤다.

"좋아! 블리자드로 하자!"

블랙 리자드맨의 줄임말이었지만 이름만 들으면 어디 200레벨이 넘는 마법사가 쓸 법한 주문처럼 강력한 포스마저 느껴진다.

네일은 카이의 애매한 센스에 미묘한 표정을 지었지만, 당사자인 블랙 리자드맨은 이름이 마음에 드는 듯 연신 고개를 끄덕였다.

그렇게 녀석은 블리자드가 되었다.

29장
도박은 ○○○○의 지름길

카이는 리자드맨의 숲 입구에서 네일에게 작별을 고했다.

"여기서부터는 따로 가신다고요?"

"예. 곧장 가볼 데가 있어서요."

"그렇군요."

진한 아쉬움을 드러낸 네일은 미안하다는 표정으로 입을 열었다.

"이번이 첫 번째 임무라고 하셔서 많은 걸 가르쳐 드리려고 했는데…… 오히려 잔뜩 배우기만 했네요."

"과찬입니다."

"<u>으흐흠.</u>"

네일과 인사를 하는 도중, 야만 전사가 헛기침을 내뱉으며 슬며시 앞으로 걸어 나왔다.

'뭐야? 또 무슨 소리를 하려고.'

카이가 불만 깊은 표정으로 그를 쳐다보자, 그는 살짝 붉어진 얼굴로 제 콧잔등만 긁었다.

잠시 달싹이던 그의 입술은 머지않아 열렸다.

"그…… 모험가라고 무시해서 미안했다. 그리고…… 나와 동료들의 목숨을 구해줘서 고맙다."

"흠, 이제라도 알았다면 다행이고. 모험가라고 다 똑같은 이들은 아니니까, 앞으로도 일반화는 안 했으면 좋겠네."

"충고 고맙다. 가슴에 새기도록 하지."

야만 전사가 먼저 사과를 건네자, 다른 추적자들도 머쓱한 표정으로 한마디씩 사과를 입에 담기 시작했다.

"비실비실해 보인다고 놀려서 미안하다. 사람을 겉모습만 보고 판단하면 안 되는 건데."

"아까 구해주셔서 감사해요. 그리고 무시해서 죄송해요."

"감사의 인사 대신이라고 하긴 뭐하지만, 카이 씨의 활약을 최대한 자세하게 기록하여 타르달 님께 보고서를 올리겠습니다."

"음. 자네 같은 모험가야말로 뮬딘 교의 추적에 걸맞은 인물이겠지. 앞으로도 건승을 기원하지. 그리고 마지막으로 고맙다."

모험가를 배척한다고 해도, 마음씨가 나쁜 이들은 아니었다.

'하긴, 이들은 어둠 추적자. 무엇이 되었든 소중한 것을 지키

기 위해 스스로 뮬딘 교를 대적하고자 마음먹은 이들이니까.'

혼쾌히 그들의 사과를 받아들인 카이는 고개를 살짝 숙이며 몸을 돌렸다. 그의 몸이 점처럼 작아지며 시야에서 사라질 때까지, 추적자들은 손을 흔들었다.

"여기서 기다리고 있어."

"츄릅."

사제복을 뒤집어쓴 블리자드가 혀를 날름거리며 고개를 끄덕였다. 말을 잘 들어서 기특한 녀석의 머리를 쓱쓱 쓰다듬어 준 카이는 곧장 아쿠에리아의 여관방을 나섰다.

'소환/역소환 스킬 북부터 구해야겠어.'

스킬 북은 보통 마탑에서 판매한다. 하지만 가격이 비싸다는 것이 유일한 흠이라면 흠이다. 물론 카이처럼 돈 걱정이 없는 플레이어에게 마탑처럼 편리한 곳은 따로 없다.

"어서 오십시오. 어떤 용무로 방문하셨습니까?"

"스킬 북을 구매하고 싶은데요."

"원하시는 스킬의 종류를 말씀해 주십시오."

"펫을 소환/역소환 할 수 있는 스킬요."

"아! 사역마 호출 관련 스킬 북을 원하시는군요. 잠시만 기다려주십시오."

웃는 낯으로 쾌활하게 말을 끝맺은 카운터 직원은 곧장 마법 수정구를 조작하더니, 이내 낭패한 표정을 지었다.

"저…… 손님. 죄송하지만 현재 마탑에서 사역마 호출 관련 스킬 북이 모두 판매가 된 상태입니다만……."

"예? 마탑에서 스킬 북이 다 팔리는 일도 있습니까?"

"으음…… 아무래도 모험가분들이 즐겨 찾으시는 스킬 북들을 위주로 생산하다 보니 비주류 스킬 북의 재고가 많지는 않습니다. 하지만 지금 주문하신다면 일주일 내로 받아 보실 수 있을 겁니다."

일주일, 그리 긴 시간은 아니지만, 매번 이렇게 블리자드를 숨기는 귀찮음을 감수하기엔 제법 긴 시간이다.

결국 카이의 고개는 좌우로 흔들렸다.

"그럼 다른 방법을 알아보겠습니다."

"이용에 불편을 끼쳐 죄송합니다."

마탑을 나온 카이가 향한 곳은 경매장이었다.

하지만 소환 관련 스킬 북의 모습은 보이지 않았다.

결국 나가의 삼지창을 비롯해 판매할 물건만을 등록한 카이는 깊은 한숨을 내쉬며 광장으로 나왔다.

'뭔가 방법이 없나?'

돈이 있음에도 불구하고 스킬 북을 구하지 못하다니?

머리를 벅벅 긁으며 짜증을 표출해낸 카이는 곧장 커뮤니티에 접속했다.

'후원금은 여전히 잘 쌓이고 있지만…… 후우, 그럼 뭐해. 스킬 북을 살 수도 없는데.'

하지만 일말의 희망을 품은 카이는 커뮤니티를 뒤져보기 시작했다.

당연한 말이지만 키워드는 스킬 북.

"어?"

그때 한 달 전 즈음에 작성된 게시글이 카이의 눈에 띄었다.

[제목 : 고급 스킬 북 얻는 꿀팁 공개]

[작성자 : 맥헨로]

[내용 : 스킬 북을 얻고 싶다고? 그렇다면 넌 고(古) 서점이야! 거기서 수수께끼 스킬 북이라는 걸 판매하는데, 이게 다른 게임의 랜덤 박스 같은 거야. 무작위로 스킬이 나오는데, 효과나 등급, 착용 제한이 진짜 전부 랜덤임. 난 여기서 레어 등급 직업 스킬 뽑았다.]

└네, 다음 뒷북.

└작성자 네 운이 좋은 거야, 멍청아.

└수수께끼 스킬 북 세, 네 개 살 돈이면 멀쩡한 스킬 북 하나를 사

는데 그걸 누가 사냐?

    └모르지. 돈이 썩어 넘치고 운빨에 자신 있는 놈이라면 살 수도.

    └난 이거 일곱 개 샀다가 망한 이후로 쳐다도 안 봄.

    └왜 이딴 게 팁과 정보 게시판에 있냐? 득템 게시판으로 꺼져.

    └어라? 이거 옛날에 엄청 유행한 적 있지 않았나?

    └있었음.

'아! 고(古)서점이 있었지!'

그 게시글을 보는 순간, 카이는 잊고 있던 기억이 되살아났다.

예전에 잠깐이지만 열풍을 일으켰던 수수께끼 스킬 북!

'누구였더라? 분명 랭커 중 한 명이 여기서 유니크 등급 스킬 북을 뽑으면서 사람들이 너도나도 고서점으로 달려갔었지. 기억이 나.'

물론 그 이후에 벌어진 일도 기억이 난다. 수수께끼 스킬 북 열풍이 불었던 건 그리 길지 않았으니까.

광란의 10일이라 불리던 열흘, 그 동안 커뮤니티의 모든 게시판에는 수수께끼 스킬 북의 결과가 하루에도 수천 개씩 올라왔다.

하지만 형편없는 드랍률과 쓰레기 스킬 북을 획득한 대다수의 유저들은 커뮤니티에 생전 처음 보는 욕을 방출했고, 결국 유니크 등급 스킬 북을 뽑은 랭커가 평생 쓸 운을 다 썼다는 결론이 지어진 채 사건은 끝을 맺었다.

'사실 나도 그때 하나쯤은 사보고 싶었는데……'

카이의 입가로 쓴웃음이 찾아들었다. 그때는 수중에 돈이 없어서 사고 싶어도 살 수가 없었다. 용돈마저 끊긴 20레벨 사제의 지갑에 여유 따위는 없었으니까.

잠시 예전의 빈곤함을 떠올리던 카이는 미소를 지으며 자리에서 일어났다.

"예전에 풀지 못한 소원. 오늘 한번 제대로 풀어보지, 뭐."

퀴퀴한 냄새가 코끝을 찌른다. 고서점에 들어온 카이는 코를 몇 번 씰룩거리면서 안쪽으로 들어갔다.

"음?"

깐깐하게 생긴 노인이 콧잔등에 걸친 돋보기안경을 올리며 카이를 쳐다봤다.

"오랜만에 찾아온 모험가로군, 용건은?"

"여기서 수수께끼의 스킬 북을 판매한다는 소리를 들었는데요."

"허, 그걸 찾는 녀석 또한 간만이야. 저쪽에 있으니 알아서 골라라."

서점 주인이 가리킨 곳은 먼지로 뒤덮인 구석 선반이었다.

'사람들이 어지간히 안 왔나 보네.'

카이는 먼지가 수북이 덮여 있는 수수께끼의 스킬 북 하나를 집어 들었다.

[수수께끼의 스킬 북]

등급 : 노말

설명 : 사용 시 등급, 효과, 착용 제한이 모두 랜덤인 스킬 북 하나가 생성됩니다.

"흠."

카이는 스킬 북을 흔들면서 물었다.

"한 권에 얼마죠?"

자신의 기억이 맞다면 한 권에 10골드 정도였다.

'그래서 이거 세 권 살 바에는 30골드로 마탑에서 노말 스킬 북 하나 사는 게 낫다는 소리가 있었지.'

하지만 주인장의 입에서는 의외의 답변이 흘러나왔다.

"몇 달 동안 팔리지 않는 물건이다. 어차피 조만간 재고 처리를 하려고 했으니까…… 권당 6골드 처주지."

"……!"

권당 60만 원!

카이는 생각보다 저렴한 가격에 눈을 크게 떴다.

'이 정도면…… 생각보다 손해가 막심하진 않겠는데?'

수수께끼의 스킬 북이 토해내는 것 중에는 정말 별의별 쓰레기 스킬 북이 많았다.

막힌 코 뚫기, 드랍률 0.3% 증가, 심지어는 공격 시 1% 확률로 팡파르가 터지며 유저를 응원해 주는 어처구니없는 스킬마저 있었다.

'그것들은 경매장에 올려도 팔리지 않는 스킬들이지.'

하지만 제대로 된 노말 스킬 북만 뽑아도 권당 200, 300만 원에 파는 것도 무리는 아니다.

'게다가 이 기회에 나도 쓸 만한 스킬들을 얻으면 바로 배울 수 있고.'

잠시 고민을 하던 카이는 남아 있는 수수께끼의 스킬 북 개수를 세어보더니 카운터로 향했다.

"음, 안 사나?"

카이의 비어 있는 손을 바라본 서점 주인이 인상을 찡그렸다.

하지만 카이는 싱긋 웃으며 수수께끼의 스킬 북 선반을 가리켰다.

"할아버님. 제가 저기 있는 스킬 북 전부 다 살 테니 가격 좀 깎아주시면 안 되나요?"

"저걸…… 다?"

최소 50권 정도는 되어 보이는 수수께끼의 스킬 북들.

잠시 머릿속으로 셈을 하던 영감은 우선 고개를 저었다.

"안 돼. 원래 10골드씩 받고 팔던 것들이야. 이미 4골드나 깎아줬는데 무얼 더 후려쳐?"

"하지만 안 팔리잖아요? 그것도 거의 1년 동안이나요."

미드 온라인은 현실 시간의 세 배.

현실에서 석 달 전에 수수께끼 스킬 북 대란이 일어났으니, 게임 속에서는 무려 9개월이란 시간이 흐른 것이다.

"끄응…… 제법 아픈 곳을 찌르는군."

서점 주인이 안경을 다시 한번 고쳐 쓰며 고민했다.

확실히 카이가 50권을 한 번에 사 간다고 하면, 그에게도 나쁜 소리는 아니었다.

어차피 이제는 팔리지도 않을 물건을 재고 정리한다고 생각하면 되니까.

잠시 후, 서점 주인은 약간 풀어진 목소리로 물었다.

"그래서, 대체 얼마를 주겠다는 건가?"

"50권에 275골드 드리겠습니다."

"권당 50실버나 깎겠다고?"

"무려 50권이나 사는데 이 정도는 해주셔야죠. 그리고 솔직히 제가 아니라 다른 모험가가 왔어도 권당 6골드에 주실 생각이셨잖아요?"

"끄응……."

서점 주인은 침음성만 흘릴 뿐, 아무런 말도 하지 못했다.

몇 달 동안 팔리지 않아 먼지만 쌓이는 수수께끼의 스킬 북을 권당 3골드에 판매하려고 생각했던 건 사실이었으니까.

"후우……. 가져가라."

결국 서점 주인이 백기를 올렸고, 진한 미소를 지은 카이는 카운터 위에 280골드를 올려놨다.

"5…… 골드가 더 얹어져 있는데?"

"생각해 보니 너무 많이 깎은 것 같아 죄송하네요. 제 사죄비라고 생각해 주십시오."

"허, 참. 웃긴 녀석이군."

살짝 기분이 나빠 보이던 서점 주인은 카이의 애교에 피식 웃음을 터트렸다. 약간 손해를 본 기분이었지만, 생각지도 못했던 5골드를 건네받자 기분이 풀어진 것이다.

[고서점 주인 부크몬의 호감도가 약간 상승합니다.]

[협상에 성공하여 20골드를 절약했습니다.]

[협상 스킬이 초급 3레벨이 되었습니다.]

[이제 협상을 시도할 때 상대방의 기분을 어느 정도 파악할 수 있게 됩니다.]

'좋네.'

성공적인 거래를 마친 카이가 미소를 머금었다.

그가 원한 것은 가격을 깎되, 상대방의 기분을 크게 상하지 않게 하는 것, 그 때문에 마지막에 약간의 손해를 보면서까지 5골드를 챙겨준 것이다.

'결과적으로는 윈윈이야.'

카이는 서로 웃는 얼굴로 거래를 끝마치는 것이 가장 좋은 형태라고 생각했으니까.

'아, 물론 10대 길드 녀석들은 제외.'

똥 씹은 표정으로 입금을 하던 블랙마켓의 산드로가 떠오른 카이는 터져 나오려는 웃음을 억지로 삼켰다.

"기왕 이렇게 된 거 충고나 하나 하지. 연금술 길드에서 파는 행운의 물약을 복용하고 사용하면 더 좋은 책들이 나온다고 들었다."

"좋은 충고 감사합니다. 새겨듣겠습니다."

빙긋 웃으며 서점을 나온 카이는 연금술 길드로 향하지 않았다.

'아직 남아 있거든.'

지난번 마법의 소라고둥에서 최고의 결과를 뽑기 위해 구매해 놨던 행운 관련 장비들과 행운의 포션이.

도박을 하기에 가장 적당한 장소는 과연 어디일까.

물론 사람의 성격에 따라 다를 수 있다.

당장 카이만 하더라도 평소였다면 어디 마을 구석에 위치한 골목에 처박혀서 스킬 북을 깠을 것이 분명하다.

하지만 사람이란 큰돈이 걸리면 가장 먼저 귀부터 얇아지는 법.

'그러니까 여기 이 장소가 명당이라는 거지?'

아쿠에리아의 마을 광장. 정면으로는 푸른 숲의 쉼터 여관이 보이면서 한쪽 손잡이가 고장 난 벤치.

심지어는 시간대까지 쨍쨍한 햇살이 내리쬐는 점심 무렵으로 맞추었다.

'조건은 똑같아.'

바로 수수께끼 스킬 북 유행을 불러일으켰던 랭커가 유니크 스킬 북을 깠던 장소와 시간.

그것을 똑같이 따라 한 카이는 온갖 행운 아이템을 장비하고, 행운의 물약까지 복용했다. 그리고 두 눈을 감은 그가 간절히 기도했다.

'천지신명이시여…… 부디 저에게 유니크…… 아니, 하다 못해 레어 스킬 북 열 개만 주십시오.'

새하얀 사제복을 입고 있던 카이는 마치 성지를 순례하는 사제처럼 경건하고 거룩한 표정을 지으며 감겨 있던 눈을 스르르 풀었다.

"그럼 간다."

카이는 인벤토리에서 수수께끼의 스킬 북 한 권을 꺼내 그대로 펼쳤다.

[수수께끼의 스킬 북이 잿빛 광휘를 터뜨리며 정체를 드러냅니다.]

[축하합니다. 스킬 북-골드 펀치(노말)를 획득합니다.]

"골드 펀치?"

처음 들어보는 스킬이다.

비록 등급은 노말이라지만, 이름부터가 심상치 않았다.

'브론즈나 실버도 아니고 골드잖아! 대박은 아니더라도, 중박 정도는 친 거 아닐까?'

원래 도박이란 첫 끗발이 개 끗발인 법.

기대감에 차오른 카이의 눈앞에, 스킬 설명이 떠올랐다.

[스킬 북-골드 펀치]

등급 : 노말

설명 : 황금빛으로 물든 주먹으로 적을 때린다. 1% 확률로 1골드가 떨어진다.(재사용 대기시간 1시간.)

"……?"

망했다는 소리가 절로 나오는, 쓰레기 중에서도 상 쓰레기 스킬 북이 튀어나왔다. 하지만 카이는 분노하기는커녕, 심호흡을 하며 마음을 가라앉혔다.

'첫 끗발이 개 끗발이라고? 그거 전부 개소리야. 도박에 그딴 게 어딨어? 모든 건 확률 싸움이지.'

그야말로 교과서에 실릴 법한 자기 합리화의 표본.

마음을 진정시킨 카이는 곧장 두 번째 스킬 북을 깠다.

[수수께끼의 스킬 북이 잿빛 광휘를 터뜨리며 정체를 드러냅니다.]

[축하합니다. 스킬 북-골드 펀치(노말)를 획득합니다.]

"아니, 진짜!"

카이가 소리를 지르자 광장을 지나다니던 유저들이 깜짝 놀라 그를 쳐다봤다. 민망함을 느낀 카이는 아랫입술을 꾹 깨물며 속으로 분노를 삭였다.

'이건 좀 아니지 않아요? 적당히 해라, 진짜.'

누군가에게 말하는 건지는 모르겠지만, 현재 느끼는 분노가 고스란히 담긴 경고.

경고가 먹힌 것일까. 떨리는 손으로 펼친 세 번째 스킬 북은 확실히 지난 두 번과는 달랐다.

[수수께끼의 스킬 북이 보랏빛 광휘를 터뜨리며 정체를 드러냅니다.]
[축하합니다. 스킬 북-신성 사슬(레어)을 획득합니다.]

"그렇지!"

비명과 함께 입이 귀까지 걸린 카이.

그는 마치 절대 반지를 바라보는 골룸처럼 사랑스러운 눈빛으로 스킬 북을 쳐다봤다.

'신성 사슬이라니, 이건 돈 주고도 매물 없어서 못 구하는 거잖아?'

주로 성기사 클래스의 유저들이 배우지 못해 안달이 난 스킬이다. 신성력을 소모해 사슬을 만들어 전투에서 사용하는 다재다능한 기술.

교단에서 스킬을 배우는 방법도 있었지만, 아주 귀찮고 까다로운 퀘스트들을 해결해야 하는 건 물론, 교단과의 공헌도와 친밀도도 높이 쌓아야 하기에 대다수의 유저들은 마음 편히 스킬 북이 매물로 올라오기만을 기다렸다.

'일단 시작은 좋아. 이제 골드 펀치 따위는 잊어버리자고.'

세 개를 까서 하나가 득템이니 당연히 대박이다.

최소 300골드짜리의 스킬 북을 획득한 카이는 콧노래를 흥얼거리며 네 번째 스킬 북을 오픈했다.

[수수께끼의 스킬 북이 잿빛 광휘를 터뜨리며 정체를 드러냅니다.]
[축하합니다. 스킬 북-골드 펀치(노말)를 획득합니다.]

"에이 씨!"

만약 지난 30분 동안 카이를 관찰한 사람이 있다면, 그 사람은 지금 이 순간 확신할 것이다. 다이어트를 하는 최고의 방법은 바로 도박에 실패하는 것이라고.

실제로 카이는 지난 30분간 얼굴이 반쪽이 되었다.

그리고 지나가는 유저들은 그런 카이를 보며 고개를 절레절레 흔들었다.

'어휴, 스킬 북 까고 있네. 저거 유행 지난 지가 언젠데.'

'어디 재벌 2세, 금수저? 뭐 그런 건가.'

'쟤는 무슨 스킬 북을 30분째 까고 있냐, 대체 몇 개나 산거야?'

카이는 깊은 한숨을 내쉬었다.

"하아……."

첫 끗발이 개 끗발이라는 말, 지금은 약간이지만 믿을 수 있을 것 같다. 왜냐하면, 신성 사슴을 뽑은 뒤로 오픈한 43개의 스킬 북은 모두 꽝이었으니까.

물론 아무리 꽝이라고는 하지만, 개중에는 경매장에 팔 법한 스킬들도 제법 나왔다.

문제는 자신이 원하는 펫 소환/역소환 스킬이 나오지 않았다는 것이다. 그리고 신성 사슴 이후로 자신이 쓸 만한 스킬은 눈을 씻고 찾아봐도 없다는 것이었다.

[깜짝 파티 Lv. 1 Passive.]

등급 : 노말

설명 : '여자는 꽃으로도 때리지 말아라'는 말이 있습니다.

여성형 몬스터를 공격하면 무기가 꽃으로 변합니다.

남성형 몬스터를 공격하면 무기 공격력이 30% 증가합니다.

다만, 남성형 몬스터를 공격할 시 1% 확률로 무기가 사라집니다.

"이런 개 쓰레기 같은 스킬이나 나오고 말이야."

대체 무슨 생각으로 이런 미친 아이템을 만들었는지, 개발자 멱살을 흔들며 묻고 싶은 기분.

"후우……"

카이는 인벤토리에 남아 있는, 3개의 수수께끼 스킬 북을 쳐다봤다.

'47개를 까서 대박이 하나 떴는데…… 저거 세 개 더 깐다고 뭐가 달라질까?'

부정적인 생각부터 드는 것이 사실이다.

하지만 이미 스킬 북은 구매한 상태!

마음을 내려놓은 카이는 남아 있는 스킬 북 중 하나를 펼쳤다.

동시에 터져 나오는 보라색 광휘!

[수수께끼의 스킬 북이 보랏빛 광휘를 터뜨리며 정체를 드러냅니다.]

[축하합니다. 스킬 북-강화 소환(레어)을 획득합니다.]

"어?"

사람은 한껏 기대하고 있을 때보다는 그 반대, 그러니까 전혀 기대하지 않고 있을 때 좋은 걸 안겨줘야 더 감격을 하는 법이다.

카이는 상황 파악을 하지 못하고 어리둥절한 얼굴로 눈만 깜빡였다.

'잠깐만, 강화 소환이라면?'

카이가 빠르게 스킬 북을 감정했다.

[스킬 북-강화 소환]

등급 : 레어

설명 : 길들인 펫과 소환수를 등록하여 시전자가 원할 때 소환/역소환 할 수 있다.(최대 5마리)

펫과 소환수가 소환될 때, 시전자와 해당 펫에게 랜덤으로 버프 하나가 부여된다.(재사용 대기시간 10분)

"대, 대박이다."

카이는 좋아서 어쩔 줄 모르는 표정을 지었다.

카이는 덩실덩실 춤이라도 추고 싶었지만, 주변 사람들의 시선 때문에 억지로 참았다.

'완벽하게 내가 원하던…… 아니, 내가 원하던 것보다 상위의 스킬이다.'

단순히 펫을 소환하는 것에 그치지 않고, 소환할 때마다 시전자와 펫에게 버프를 준다. 즉, 10분마다 자신에게 랜덤한 버프를 부여할 수 있다는 뜻이다.

'어떤 버프가 걸리느냐에 따라 우리 둘이서 전장을 쓸어버릴 수도 있겠어.'

물론 전제 조건이 존재한다.

'블리자드, 녀석이 제 몫을 해줄 때의 이야기지만.'

지금은 카이 혼자서도 웬만한 적들은 쓸어버릴 수 있다.

하지만 그는 어디까지나 개인. 한 손으로 두 손, 세 손을 막는 건 가능하지만, 그 손이 두 자릿수를 넘어가면 불가능하다.

당장에라도 검은 벌 녀석들이 그의 정체를 알아내고 쫓아온다면, 그는 숨어다니면서 게임을 플레이해야 한다.

'그러면 블리자드는 당분간 영상으로 공개하지 않는 것이 더 낫겠어.'

톡톡.

제 무릎을 두드리는 카이의 머리가 빠르게 굴러갔다.

'응, 아무리 생각해도 그게 맞아. 블리자드는 회심의 한 수로 놔두자.'

눈앞의 보이는 매서운 공격보다는, 인식조차 못 하고 있던 등 뒤로부터의 평범한 공격이 훨씬 무서운 법이다.

블리자드는 충분한 성장을 이뤄내기 전까지 존재 자체를 비밀에 부치는 게 나아보였다.

게다가 카이는 자신이 100레벨을 찍는 순간, 칠흑의 원한 세트를 녀석에게 물려줄 생각이었다.

'그럼 블리자드의 공격력도 더 높아지겠지. 그리고 보니 곡도 두 자루도 레어 등급으로 맞춰줘야 하고…… 너프된 스킬

숙련도도 다시 복구해줘야겠어. 레벨도 올려줘야 하고. 바빠지겠네.'

이런저런 생각이 많아졌지만 카이는 이 순간이 즐거웠다.

단순히 머리만 아픈 시간이 아니라, 어떻게 강해져야 할지를 궁리하는 시간이었으니까.

"자, 그럼 남은 스킬 북 두 개도 후딱 열자."

생각 없이 한 권을 여는 순간, 카이는 물론이고 그를 구경하던 주변 유저들도 깜짝 놀랐다.

"자, 잠깐만. 저거…… 마, 맞지? 그거 맞지?"

"붉은색 광휘면……."

"유니크다!"

"이런 미친, 운빨개망겜!"

부러움과 질시, 그리고 욕설!

그 모든 것들의 대상이 된 카이는 입만 멍하니 벌린 체 메시지창을 쳐다봤다.

[수수께끼의 스킬 북이 붉은색 광휘를 터뜨리며 정체를 드러냅니다.]
[축하드립니다. 스킬 북-영체화(유니크)를 획득합니다.]

"뭐, 뭐야? 이게."

포기하면 편하다고 했던가.

카이는 그 말을 남긴 사람에게 포옹과 함께 뽀뽀를 해준 뒤, 밥까지 사주고픈 충동을 느꼈다.

'게다가 영체화라니. 커뮤니티는 물론이고 경매장에서 본 적 없는 스킬이다.'

애초에 유니크 등급 스킬 북이 그렇다. 일찍이 수수께끼 스킬 북에서 대박을 터뜨렸다는 랭커도 등급만 스크린샷을 찍어서 공개했을 뿐, 그 효과에 대해서는 입을 다물었었다.

물론 카이는 그에 대해서 전혀 나쁘게 생각하지 않았다.

'그게 당연한 거야. 좋은 건 혼자만 알아야지, 내 전력을 굳이 왜 공개해?'

얼마나 고였는지 침을 삼키는데 목이 따끔거릴 정도.

카이는 천천히 영체화 스킬의 내용을 살펴봤다.

[스킬 북-영체화(靈體化)]

등급 : 유니크

설명 : 10분 동안 신체를 영체화합니다.

시전 시간 동안 모든 물리 대미지에 면역이 되지만, 마법 공격에는 2배의 대미지를 입습니다. 시전 시간 동안에는 모든 공격력이 50%로 감소됩니다.(재사용 대기시간 1시간)

'좋다. 확실히 좋아. 하지만……'

전투력을 올려주는 스킬은 아니다.

분명히 스펙 업인 것은 맞지만, 아직 이론을 잘 모르겠다고
나 할까.

'모든 물리 피해에 면역이 된다는 건 확실히 좋아. 그런데 마
법 피해에 2배 대미지를 입고 모든 공격력은 50% 감소라……'

'굳이 사용할 일이 있을까라는 기분?

뭐, 내 마법 저항력 자체가 높으니까 2배 대미지라고 해도
큰 피해는 없겠어.

카이는 각종 칭호 효과와 유니크 패시브 스킬인 주문 저항
의 피부 덕분에 마법 저항력이 매우 높았다. 덕분에 영체화 스
킬의 유일한 단점인 마법 공격에 2배 피해라는 것이 큰 단점으
로 다가오지 않았다.

그것이 다행이라면 다행이었다.

'뭐, 쓸 만한지는 미뤄두더라도, 일단 기분은 좋다.'

카이가 실실 헤픈 웃음을 드러내자, 주변에서 다른 유저들
이 쭈뼛쭈뼛 다가왔다.

"저…… 혹시 무슨 스킬인지 공유 좀 해주실 수 있으세요?"

"판매할 의사는 없으십니까? 저 돈 많습니다. 제가 사겠습
니다."

"길드 마크가 안 보이시는데, 혹시 길드가 없으시다면 저희

용맹 길드에서……."

"제가."

자리에서 일어난 카이는 그들을 돌아보며 싱긋 웃었다.

"급한 약속이 있어서 이만 가봐야 할 거 같아요. 아! 그전에 잠깐."

다시 자리에 앉은 카이는 마지막 남은 스킬 북을 오픈했다.

[수수께끼의 스킬 북이 잿빛 광휘를 터뜨리며 정체를 드러냅니다.]

[축하드립니다. 스킬 북-골드 펀치(노말)를 획득합니다.]

'그래. 왜 안 나오나 했다, 이 새끼야.'

짤막한 분노를 터뜨린 카이는 서둘러 광장을 떠났다. 역시 도박은 쾌속 성장의 지름길이라는 교훈을 되새김하면서.

30장
동창회

광장을 벗어난 카이가 향한 곳은 타르달의 저택이었다.

"왔군."

"예."

타르달.

그가 내린 첫 번째 지령을 멋들어지게 완료한 카이는 당당한 표정으로 고개를 끄덕였다. 어떻게 보면 오만해 보이기도 했지만, 타르달은 이를 질책하지 않았다.

실제로 카이가 이번에 선보인 결과는 대단했으니까.

"올라온 보고서는 읽어봤다. 제법 인상적인 활약을 했더군."

"감사합니다."

"사람이 이렇게 번번이 놀라움을 안겨주기도 쉽지 않은데 말이지."

"말씀드렸잖습니까. 실망시키지 않겠다고."

"그렇군."

아르센 남작과 대화를 하던 때처럼, 겸양을 떨고, 서로의 얼굴에 금칠을 해주지는 않았다.

하지만 타르달과 카이는 서로를 인정했고, 그랬기에 담담한 대화를 이어갔다.

"두 번째 지령은 시간이 좀 걸릴 것 같다. 아무래도…… 자네를 다른 이들과 같이 대우해서는 안 될 것 같으니까."

"좋게 봐주셔서 감사합니다."

카이는 태연함을 가장했지만, 이미 가슴은 요동치는 중이었다.

'됐다. 타르달의 인정을 받았어!'

그는 자신이 아는 선에서 가장 깐깐한 NPC였다. 하지만 동시에 공정함이란 무엇인지를 아는 사람이기도 했다.

그랬기에 그는 이번에 카이를 제대로 인정하고, 그에 걸맞은 대우를 해주겠다고 말한 것이다.

'어쩌면 다음 지령부터 뮬딘 교의 뒤를 쫓는 것일 수도 있겠어.'

그러자면 준비를 해야 할 것이다.

뮬딘 교를 쫓는 건 리자드맨과 사투를 하는 것과는 비교도 안 될 만큼 치열하고, 어려울 테니까.

카이의 눈빛을 읽은 타르달이 흡족한 표정을 지었다.

"얼굴을 보니 딱히 충고는 필요 없을 것 같군."

"최대한 강해지겠습니다."

"기대하지."

"언제나 그랬지만……."

"실망시키지 않겠다, 인가?"

낮은 웃음을 흘린 타르달은 서랍에서 보석함 하나를 꺼냈다.

"지난번에 말해준 적이 있을 것일세. 왜 어둠 추적자의 입단 시험에 비늘을 구해와야 하는지."

"아……."

분명히 그런 이야기를 들은 기억이 있었다. 카이가 고개를 끄덕이자 타르달이 말을 이었다.

"자신이 구할 수 있는 비늘 중 최고의 비늘을 구해오라. 그 것이 나의 요구였네."

"그랬었죠."

"난 그것만큼 공정한 시험이 없다고 생각하네. 그것 아는 가? 그 시험이 상대적인 평가였다는 것을."

"그게…… 상대 평가였다고요?"

들은 적 없는 사실에 카이가 떨떠름한 표정을 지었다.

"한 번 생각해 보게. 두 모험가가 리자드맨의 비늘을 구해왔 다네. 그런데 한 모험가의 실력이 다른 모험가보다 압도적으로 낮다면, 자네는 누구를 뽑겠는가?"

"그야 당연히 더 강한 쪽을 뽑겠……."

말을 이어가던 카이가 말끝을 흐렸다.

'잠깐, 하지만 타르달은 분명히 상대 평가라고 했지?'

그렇다면 더 낮은 실력으로 더 높은 보상을 획득한 이를 뽑을 터.

"실력이 더 낮은 쪽을 뽑으시겠군요."

"눈치챘군. 맞네. 모험가의 용기, 도전 정신, 그리고 잠재력. 우리는 그런 것들을 본다네. 어둠 추적자의 길을 걸어가는 건 힘들 거야. 뮬딘 교는 그만큼 강하고, 악랄하기 때문이지."

"그에 맞설 수 있는 강인한 모험가를 뽑기 위함입니까?"

"맞네. 실력이 아무리 뛰어나더라도 자신의 능력을 100퍼센트 끌어내지 못하는 모험가는 어둠 추적자와 어울리지 않네. 그런 의미에서 항상 제 실력의 150, 200을 끌어내는 자네는…… 제법 기대하고 있네."

"감사합니다."

똑.

타르달이 보석함을 열자 조그마한 원형 패가 모습을 드러냈다. 초록색으로 이루어진 패에는 수십여 개의 별이 각인되어 있었다.

"타르달 님. 그건……?"

"모험가가 구해오는 비늘로 만들어주는 패일세. 일종의 신분패라고 할 수 있지. 받게."

[어둠 추적자 단원 증명패를 획득합니다.]

그가 건네는 패를 받아든 카이는 적당히 무겁고 차가운 감촉을 느끼며 되물었다.

"이 패로 무엇을 할 수 있습니까?"

"수사 협조, 지원 요청, 신분 증명……. 할 수 있는 건 많다네."

"제…… 생각대로라면, 라시온 왕국에서만 통하는 게 아닌 것 같은데요?"

"당연한 소리를."

타르달은 무슨 말을 하느냐는 표정으로 카이를 흘겼다.

"어둠 추적자는 과거 존재했던 세계 연합군의 정신적 계승 단체일세. 다시 한번 대륙을 뒤덮을 어둠에 맞서고자 수많은 왕국과 제국, 상단과 교단이 모인 세력이지. 실제로 패에 각인된 별은 과거 세계 연합군이 이루어졌을 때 뭉쳤던 세력의 숫자를 의미하네. 그들의 정신과 업적을 계승한다는 뜻이지."

"그렇군요. 그럼 이 패를 다른 왕국과 제국에서도 사용할 수 있다는 건가요?"

"물론일세."

"오오······."

예상치 못한 곳에서, 돈 주고도 못 구하는 아이템을 얻은 카이가 상기된 표정을 지었다.

"물론 그 패를 안 좋은 방향으로 남용하고 다니면 어둠 추적자들이 자네의 뒤를 쫓을 테니 조심하게."

"다, 당연히 그런 일은 하지 말아야죠."

"농담일세."

살벌한 농담을 끝낸 타르달이 카이에게 말했다.

"그러니 이제 보상을 줄 차례로군."

"보상······ 이요?"

"왜, 그런 표정을 짓는가. 설마 어둠 추적자가 대의만을 따르며 아무 보상 없이 움직이는 단체라고 생각했나?"

"그, 그야······."

"어둠 추적자의 배후가 대륙 그 자체라는 것을 명심하게. 돈이라면 그 어떤 단체보다 많아."

'생각······ 해 보니 그렇네?'

그렇다면 주는 보상을 거절하는 것도 예의가 아니다.

카이는 꾸벅 고개를 숙였다.

"주시면 감사히 받겠습니다."

"자네가 이번에 어둠의 정수를 삼켰던 블랙 리자드맨을 길들였다고 들었네."

"그렇…… 습니다만."

혹시 블리자드를 데려가려는 것일까?

카이가 바짝 얼어 있자, 타르달이 테이블 위의 종을 흔들었다. 그러자 밖에서 시종들이 나무로 만들어진 사각형의 상자를 들고 나타났다.

"그 녀석이 곡도 두 자루를 귀신같이 다룬다고 들어서 준비해 봤네. 마음에 들었으면 좋겠군."

"지금 열어봐도 될까요?"

"뜻대로 하게."

검집을 열자 다소곳하게 교차하여 놓인 두 자루의 곡도가 그 단아한 자태를 드러냈다.

블리자드가 원래 쓰던 것처럼 도신이 직각으로 휘어지지는 않았고, 마치 초승달처럼 부드럽게 휘어진 형태의 곡도였다.

'블리자드 녀석, 계 탔네.'

순간적으로 자신이 쓸까 고민이 들었을 정도로 멋있는 도.

카이는 곧장 아이템을 감정했다.

[흑랑(黑狼)]

등급 : 레어

공격력 242~278

힘 +20

체력 +10

착용 제한 : 레벨 130, 힘 360, 체력 150

내구력 100/100

설명 : 명장 중 하나였던 시르만이 두 자루의 곡도를 사용하는 자신의 아들을 위해 만들었다고 전해지는 한 쌍의 도.

[특수효과]

백호(白狐)와 함께 착용 시 공격력 30% 증가.

[백호(白狐)]

등급 : 레어

공격력 257~269

민첩 +20

체력 +10

착용 제한 : 레벨 130, 민첩 130, 체력 150

내구력 100/100

설명 : 명장 중 하나였던 시르만이 두 자루의 곡도를 사용하는 자신의 아들을 위해 만들었다고 전해지는 한 쌍의 도.

[특수효과]

흑랑(黑狼)과 함께 착용 시 공격 속도 10% 증가.

"오오……."

검은 늑대와 하얀 여우라!

확실히 검은색 도는 거친 느낌이 나는 반면, 하얀색 도는 마치 여성처럼 가녀린 느낌이다.

카이는 두 자루의 곡도를 잘 챙기며 고개를 숙였다.

"블리자드 녀석이 좋아하겠네요. 감사합니다."

"이름을 정말 특이하게 지었군. 앞으로도 지금처럼만 해주게."

"저…… 그럼 다음엔 언제 찾아와야 할까요?"

"자네가 그 패를 지니고만 있으면, 우리 쪽에서 사람이 찾아갈 걸세."

"위, 위치 추적 기능까지 있군요."

"함부로 남용하고 다니면 안 되니까 말이지."

"조심하겠습니다."

두둑한 보상을 챙긴 카이가 그의 방을 나섰다.

"후우……."

땀에 젖은 머리.

그리고 그 머리를 짓누르는 헤드기어를 벗은 한정우가 푹푹 찌는 늦더위에 웃웃을 벗었다.

"미치겠네. 집은 또 왜 이렇게 더워?"

토요일 오후.

거실로 나가자 누나인 한지혜가 거실 소파에 누워서 TV를 보다가 얼굴을 찌푸렸다.

"내 동생은 몸도 안 좋으면서 왜 옷을 벗고 다닐까? 테러가 목적이라면 성공이야."

"내 방 더워. 이렇게 더운데 에어컨을 왜 안 틀어?"

"무슨 소리야. 추워서 가디건 걸친 거 안 보이니?"

"어…… 그러고 보니."

방을 나오자 거짓말처럼 시원해진 집.

'아니, 오히려 추운데……?'

으슬으슬한 몸을 부둥켜안고 있자, 안방에서 어머니가 나오며 말했다.

"네 방 에어컨 고장 났다."

"그럼…… 수리 기사 부르면 되잖아요?"

"어차피 너 곧 방 구해서 나간다고 했으니 굳이 그럴 필요가 없을 것 같아서."

"……!"

충격, 그리고 그 위를 덮치는 더 큰 충격!

이것이 진정 친아들을 대하는 어머니의 태도인가?

"저 아직 방도 못 구했는데……."

"오늘 구하면 되겠네. 아니면 엄마가 적당한 곳 알아봐 줘?"

"그냥 제가 구할게요."

그래도 자신이 살아갈 공간인데, 직접 고르고 싶었다.

샤워를 마친 한정우는 옷을 입으면서 하루 계획을 세웠다.

"우선 부동산 가는 김에 은행에 들러서 현금도 좀 찾고……. 아! 이삿짐센터도 하나 알아보고 와야겠네."

원래 집 밖으로 한 발자국도 안 나가는 사람이 한 번 외출하면 평소 해야 했던 일을 몰아서 하는 법. 그렇게 여러 개의 볼 일을 한꺼번에 처리할 계획을 세운 한정우는 집을 나섰다.

"서울 방값 비싸네."

다행히 이삿짐센터는 부동산 쪽에서 잘 아는 곳이 있다며 알아봐 주기로 했다.

다만 너무 멀리 가지는 말라는 어머니의 말에, 여의도에서 3, 40분가량 떨어진 청담동에 원룸을 구해야 했다.

'무슨 방 하나에 보증금 3천에 월 170이나 하냐.'

물론 직접 가본 결과 방 자체는 좋았다. 건물도 신축이라서 깨끗했고 방도 넓으면서 부엌과 화장실도 좋았으니까.

무엇보다 에어컨이 기본 옵션으로 포함되어 있다는 것이 그의 마음을 사로잡았다.

'이사 날짜는 벌써 2주 후인가.'

한 번도 생각하지 않았던 독립이 뜬금없이 눈앞으로 다가오자, 한정우는 참담한 심정이었다. 버스를 탄 채 우수에 찬 눈빛으로 창밖을 바라보는데, 누군가의 핸드폰이 울렸다.

"너 뭔데 자꾸 생각나. 자존심 상해 애가 타."

'누구지? 시끄러운데 전화 좀 받지.'
전화의 주인이 한참이나 전화를 받지 않자, 한정우가 주변을 둘러봤다.
그리고 그 순간, 눈을 마주친 아주머니 한 분이 이때다 싶었는지 입을 열었다.
"학생, 전화 안 받아? 시끄러워 죽겠어!"
"어……? 죄, 죄송합니다."
설마 자신의 전화였을 줄이야!
지난 1년 동안 울린 적이 없어서 고장난 줄 알았는데, 그건 아닌 모양이다.
'뭐, 그건 그거대로 슬프지만…'
액정 위로 떠오른 이름을 쳐다본 정우의 눈이 커졌다.
'민수?'
고교 동창이었던 친구 중 하나였다.
몇 명 패거리가 그를 호구 취급할 때도, 민수는 끝까지 그의 편을 들어줬다.

'간만이네. 그런데 갑자기 왜 전화를?'

그건 물어보면 될 터.

전화를 받자 낯익은 민수의 목소리가 귓가에 울렸다.

-야! 너 살아 있냐?

"왜, 죽었으니 소리샘으로 연결해 줄까?"

-농담하는 거 보니 살아 있나 보네. 카톡은 계속 씹더니.

"아, 카톡은 지웠어."

어차피 아무에게도 오지 않으니까.

한정우는 울적한 기분으로 퉁명스레 물었다.

"그런데 웬일이냐."

-내가 너한테 전화하는 건 일 년에 딱 두 번 정도잖냐.

"생일은 아직 멀었는데?"

-그럼 다른 한쪽이 내 용무겠지?

"그렇다면……"

한정우가 미간을 찌푸렸다.

"또 동창회 얘기냐?"

-그래. 석우 패거리는 안 불렀으니까 걱정하지 마. 다른 애들은 다 네 얼굴 보고 싶어 한다니까? 한 번쯤 와라.

"됐어. 얼굴 안 본 지도 오래돼서 서먹한데, 뭘."

-그러니까 얼굴 까먹기 전에 한 번 나오라는 거지. 너 보고 싶어 하는 여자애들도 많아. 너 인기 많았잖아?

"흐음……."

동창회라.

대학을 휴학한 후로는 집 밖 외출 자체를 하지 않았던 한정우다. 당연히 동창회에 나간 적이 한 번도 없었다.

'고등학교 친구들……'

자신의 선행을 비웃으면서 이용해 먹던 석우 패거리만 빼면 다들 평범하고 착한 녀석들이다.

한 번쯤 얼굴을 보고 서로 잘 지내는지 물어보고 싶은 것도 사실이었다.

'아니지, 난 잘못 한 게 없잖아. 잘못은 그 녀석들이 한 거야. 내가 왜 피해야 하지?'

학창 시절에는 자기 자신에 대한 믿음이나 자신감이 부족했다.

하지만 지금은?

'……다르다.'

무언가를 결심한 한정우가 입을 열었다.

"민수야, 너 혹시 이번 동창회에 석우 녀석 부를 수 있냐."

-뭐? 너…… 걔 엄청 싫어하잖아?

"우리도 다 컸는데, 뭘."

그래. 이제는 서로 다 컸으니까.

사회에 나온 청소년들은 어느새 어른이 되었으니까.

'이번 기회에 가르쳐주는 것도 나쁘지 않겠지.'

더 이상 주먹은 사용할 수 없는, 어른들의 싸움이 무엇인지를.

다음 날 저녁, 한정우는 차분한 표정으로 옷을 갈아입었다.

'그 녀석, 동창회 일정을 하루 전에 알려주다니.'

물론 민수는 이에 대해 열정적으로 반박했다.

'지금 나랑 장난해? 내가 몇 번이고 말해주려고 했는데 네가 카톡도, 페이스북 메시지도 다 씹었잖아?'

심지어 전화를 걸어도 하루 종일 게임을 한다고 받지 않는 한정우였기에 입이 열 개라도 할 말이 없었다.

당연히 캡슐과 스마트폰을 연동하면 게임을 하면서도 메시지나 전화 통화가 오는 것을 실시간으로 확인할 수 있다. 하지만 한정우는 그 기능을 활성화 한 적이 단 한 번도 없었다.

'게임을 하는 데 방해가 되니까. 랭커들도 이 기능은 비활성화해 놓는다고 들었어.'

물론 한정우의 경우에는 단순히 연락할 친구가 없었기 때문이지만.

"지난번에 사놓길 잘했다니까."

한정우는 어머니의 생신 때 입었던 멋진 정장을 쫙 빼입고 신발을 신었다.

그런 그의 모습을 본 어머니가 고개를 갸웃거렸다.

"그렇게 차려입고 어디 가니?"

"고등학교 동창회 가요."

"동…… 창회?"

눈빛이 돌변하는 어머니.

그녀는 마치 제 새끼를 보호하는 암사자처럼 한정우에게 다가가 그를 추궁했다.

"혹시 그 녀석들이 그러디, 너보고 나오라고?"

"그런 거 아니에요. 왠지 지금은 그 녀석들 만나도 괜찮을 것 같아서요."

한때는 미칠 듯이 괴로웠다. 특히 자신은 친구라도 믿었던 녀석들이 그를 이용하고, 친구라고 생각도 하지 않았다는 점에서는 큰 상처까지 받았다.

그리고 그것이 그를 사회에서 멀어지게 만들었다.

일종의 인간 불신.

어쩌면 그가 솔플을 하는 이유도 보상을 독차지할 수 있다는 이유 때문만은 아닐지 모른다. 그의 마음 한구석에는 여전히 인간 불신이 도사리고 있었으니까.

"정말…… 괜찮겠니?"

"제가 누구 자식입니까?"

"나랑 내 남편 자식이지."

"저희 부모님께서는 항상 이렇게 가르쳤거든요. 이기지 않는 싸움은 시작도 하지 말라고, 하지만 만약 싸움을 시작했다면 무조건 이기라고."

"그랬지……."

그것을 끝으로 김현정은 더 이상 질문을 던지지 않았다. 대신, 자신의 지갑을 열고 카드를 꺼내 흔들었다.

"혹시 엄마 카드 필요하니?"

"아니요. 굳이?"

부모님의 힘을 빌려서 녀석들을 벌 줄 생각이었다면, 이미 몇 년 전에 그랬을 것이다.

하지만 한정우는 그것을 원하지 않았다.

'그때는 부모님 손을 빌리는 게 창피해서 그런 거지만…….'

지금은 그 이유가 사뭇 달랐다.

'내 힘만으로도 충분하니까.'

자신감, 누군가의 손을 빌리지 않고 자신의 힘으로도 일을 해결할 수 있다는, 자신감의 발로였다.

"그럼 다녀오겠습니다."

젊은 남녀란 남녀들은 모두 모인 일요일 저녁의 홍대 거리를 물들인 강렬한 비트의 힙합 음악과는 반대로, 감미로운 바이올린 연주가 이루어지는 고급스러운 레스토랑.

그곳의 단체석에 앉은 민수는 똥 마려운 강아지처럼 연신 끙끙거렸다.

"야, 정말 괜찮은 거냐?"

"뭐가."

민수는 한정우에게 몸을 바짝 기대며 속삭였다.

"너 혹시 여기 메뉴판 안 봤나?"

"지금 보고 있잖아."

"가격 안 보여? 여기 비싸잖아!"

"내가 낸다니까."

"그래서 더 걱정이라고. 너 오늘 몇 명 나오는지 알고 이러는 거야?"

"23명이라며."

"야! 네가 석우 패거리 부르라며! 이제 27명이거든?"

"그거나 그거나."

심드렁한 표정으로 시종일관 메뉴판만 읽는 한정우를 쳐다보던 민수는 짙은 한숨을 내쉬고 물었다.

"진짜 로또 당첨이라도 된 거냐? 아니면 부모님께 카드라도 빌렸어?"

"내가 달란다고 주실 부모님이냐? 아, 이번에는 어머니가 빌려주신다고 하셨지만."

"설마 안 받았어?"

"어. 그냥 내 돈에서 내려고."

"대체 뭐지, 이 생물은? 정녕 내가 알던 한정우가 맞는 것인가?"

민수는 신기한 눈빛으로 한정우의 몸을 천천히 훑었다.

"눈 치워라. 닭살 돋으니까."

"아니, 신기해서 그러지. 솔직히 너희 집 놀러 자주 가봐서 잘 사는 건 아는데, 넌 그 누구보다 서민에 가까운 녀석이었잖아?"

"그랬지."

어머니와 아버지는 모두 중소기업을 하나씩 이끌고 계시지만, 한정우가 받는 용돈은 크지 않았다.

중학교 때는 한 달에 3만 원, 고등학교 때는 5만 원.

그것은 자수성가로 본인들의 사업을 성공시킨 부모님들의 교육 방침이었다.

'쉽게 얻은 돈은 쉽게 쓰는 법. 고기를 낚는 법을 묻는다면 가르쳐 주겠지만, 고기를 주지는 않을 것이다.'

그 누구보다 깐깐한 부모님!

하지만 한정우는 그에 대해 불만을 품지 않았다.

누나인 한지혜조차 부모님의 회사가 아닌, 다른 회사에서 말단으로 일하는 중이었으니까.

가만히 메뉴판을 읽던 한정우가 지나가듯 물었다.

"너 미드 온라인 하냐."

"요즘 그거 안 하는 사람도 있나? 당연히 하지! 게다가……
후후, 듣고 놀라지 마라? 나 이번에 휘몰이 길드에 들어갔다!"

"휘몰이 길드……?"

"너 설마 모르냐?"

민수는 얼음물에 들어 있던 얼음을 이빨로 깨 먹으며 여유
로운 미소를 지었다.

"뭐, 모를 수도 있지. 무려 대한민국 랭킹 4위 길드다. 내가
게임에 제법 재능이 있다나?"

"너 옛날에 나랑 게임 하면 다 졌잖아."

"야! 미드 온라인은 스타랑 롤 같은 게임이랑 전혀 다르거든?"

열변을 토해낸 민수는 무언가가 생각난 듯 물었다.

"아, 그리고 보니 너 휴학하고 2년 동안 쉬는 중이잖아. 혹시
미드 온라인 안 하냐?"

"하지. 심지어 오픈 베타 첫날부터 했다."

"오, 그럼 레벨 높겠는데? 얼마냐?"

"88레벨이던가."

"윽……."

대놓고 인상을 찌푸리는 민수.

"좀 심각한데? 대체 뭔 짓 하고 다니면…… 잠깐만, 네 성격이면 설마?"

"뭐, 여기저기 도와주고 다녔지."

"하긴, 너다워서 좋네. 혹시 괴롭히는 놈들 있으면 나한테 말해. 이 형이 웬만한 녀석들은 다 커버쳐 줄 수 있으니까."

"세계 10대 길드도 가능해?"

"농담은."

"아니면 말고."

정우의 말을 농담으로 치부한 민수가 자리에서 벌떡 일어났다.

"야! 이쪽."

우글우글 들어온 남녀들은 확실히 정우의 기억에도 남아 있는 이들이었다.

그도 그럴 것이 그와 학창 시절을 함께 보낸 친구들이었으니까.

"야, 원래 약속 장소 여기 아니었잖아?"

"좀 비싸 보이는데……."

"그건 걱정하지 마. 이 녀석이 저번에 못 나왔다고 이번에 쏜다니까."

"여기…… 를?"

새삼스러운 눈빛을 지은 그들은 그제야 한정우를 발견하고 아는 체를 했다.

"여, 정우 오랜만이다?"

"얘 내 카톡이랑 페메 다 씹었어."

"어? 네 것도? 내 것도 그러던데!"

"야야, 오해하지 마라. 다 지워서 그런 거라니까. 참고로 나도 다 씹힘."

민수가 투정부리는 친구들을 진정시키며 자리에 앉았다.

그 와중에 어느새 젖살이 빠져 예뻐진 여자아이들은 고개를 맞대고 수군거렸다.

"그런데 정우 뭔가 분위기 바뀐 것 같지 않아?"

"응. 뭔가 옛날엔 그냥 착한 애라는 이미지였는데……"

"지금도 착해 보이긴 해. 하지만 뭐랄까, 훨씬 차분해 보인다고 할까?"

"어른스러워 보여!"

"그리고 잘생겨진 듯."

"비싼 곳에서 밥 사주니까, 그래 보이는 건 아니고?"

"아, 아니거든?"

남자애들의 평가는 여자애들보다는 덜 호들갑스러웠다.

"정우 어디 취직했나?"

"아닐걸? 휴학했다고 들었는데……"

"이게 어디 취직한다고 혼자 낼 수 있는 금액이냐?"

"아! 학교 다닐 때 정우 금수저라는 소문이 있었는데, 그럼 그게 사실인 건가?"

"정우가? 에이, 그런 티 한 번도 안 냈잖아. 아닐걸?"

그것이 평범한 아이들의 반응이었고, 오랜만에 친구들을 만난 이들이 보여주는 모습이다.

하지만 어디나 그렇듯, 분위기를 흐리는 놈들은 있다.

"이야, 한정우. 진짜 오랜만이다?"

입가에 비릿한 미소를 띠고 건들건들 인사를 건네는 남자, 바로 고등학교에서 한정우에게 큰 상처를 남긴 장본인인 최석우였다.

게다가 그의 뒤로는 아직도 몰려다니는지, 세 명의 남자가 병풍처럼 자리하고 있었다.

휘익.

낮은 휘파람을 분 최석우가 실실 웃으며 말했다.

"우리 정우, 어디서 돈 많이 벌었나 봐? 이런 데서 돈 지랄도 할 줄 알고."

"야, 분위기 흐리지 말고 자리에나 앉아라."

정우를 대신하여 인상을 찌푸린 민수가 살짝 화난 목소리로 말했다.

"네네, 어련하시겠습니까. 휘몰이 길드 들어가신 초엘리트 님이신데."

무서워 죽겠다는 시늉을 과장되게 취하며 서로 낄낄 웃는 석우 패거리들을 보고 다른 아이들이 살짝 불쾌한 표정을 지었지만, 당사자인 최석우는 별 신경도 쓰지 않는다는 표정으로 자리에 앉았다.

"자, 어디 그럼 우리 정우가 사주는 음식 좀 먹어볼까? 이 가게에서 제일 비싼 게 뭐려나……"

잠시 후 정말로 제일 비싼 음식들을 마구 시키는 석우 패거리.

다른 아이들이 당황한 얼굴로 그를 만류했다.

"야, 그건 좀 심하잖아."

"그거 다 시키면 너희 네 명이서만 53만 원이야."

그들의 제지에 최석우는 어깨를 으쓱거리며 영문을 모르겠다는 표정을 지었다.

"아니, 사준다고 부를 땐 언제고, 마음대로 시키지도 못하게 해? 그게 말이야, 방구야?"

"그렇네."

한참 동안 침묵을 고수하던 한정우가 입을 열었다. 그리 큰 목소리도 아니었건만, 모두의 시선이 자연스럽게 그에게 집중됐다.

"석우 말이 맞아. 먹고 싶으면 시켜야지. 너희들도 사양 말고 먹고 싶은 거 시켜."

빙그레 미소를 지으며 말을 마친 한정우는 물을 부드럽게 한 모금 넘겼다.

분위기가 험악해질 수도 있는 상황이었지만, 한정우의 한마디에 무거운 공기는 해소되었다.

"그, 그럴까? 정우가 저렇게까지 말하는데……."

"정우야, 정말 괜찮아?"

"괜찮다니까, 먹고 싶은 거 시켜. 음료도."

한정우가 자연스럽게 동창회를 주도해나가기 시작하자, 최석우의 얼굴이 일그러졌다.

'고등학교 다닐 땐 내 한마디면 깜빡 죽던 새끼였는데…….'

자신을 절친으로 여기던 바보 같은 녀석을 이용해 먹는 건 최고로 재미있는 장난이었다. 물론 그것이 들켜서 녀석과 사이가 멀어졌을 때는 조금 아쉽긴 했지만, 그건 친구로서 아쉬운 게 아니었다.

'저 녀석, 조금 아픈 척하면서 빵 사오라고 시키면 걱정하면서 매번 셔틀 짓 잘 해줬는데 말이야.'

그를 이용할 수 없다는 아쉬움, 그것이 가장 컸다.

'뭐, 하지만 그것도 다 지나간 추억이지.'

최석우가 피식 웃음을 터뜨렸다. 별로 친하지 않은 민수가 자신의 무리를 동창회에 초대했을 때, 그 이유를 물어봤다.

'몰라. 정우가 너희 한번 보고 싶어 하더라.'

그 답변을 들었을 때의 기분은 정말 재밌고, 놀라웠다.

물론 그가 왜 자신들을 불렀는지도 충분히 예상이 갔다.

'뭐, 확실히 오늘 돈 쓰는 걸 보니 어떤 식으로든 돈 좀 벌었나 보네.'

그래서 학창 시절 때 그를 괴롭힌 자신들을 불러 창피를 주려는 것일 터.

하지만 이미 사전에 입을 맞춘 상태였다. 그가 어떤 시비를 걸거나 모욕을 해도 반응하지 말라고.

'우리가 원하는 반응을 보여주지 않으면 아마 열 받아서 미칠 거다.'

속으로 웃음을 삼키며 한정우가 시비를 걸 때만을 기다리는 최석우.

하지만 시간이 갈수록 그의 표정은 굳어져만 갔다.

'이 새끼…… 왜 불러놓고 시비를 안 걸어?'

돈 자랑을 하거나, 비싼 밥을 사준 고교 동창들을 내세워 자신들을 압박할 줄 알았다.

하지만 한정우가 그에게 보여주는 건 무시뿐, 마치 너라는 사람은 내 인생에 어떠한 영향도 주지 못했다는 걸 보여주는 듯한, 철저한 무시였다.

이에 당황한 건 최석우를 비롯한 그의 패거리였다.

'이렇게 무시할 거면 대체 우릴 왜 부른 거야?'

목구멍으로 넘어가는 비싸고 맛있는 음식들의 맛이 점점 느껴지지 않았다.

그때였다.

"석우야."

"왜?"

'왔구나!'

최석우가 반색했다, 지금에야말로 한정우가 자신에게 창피를 줄 것이라 생각하며.

하지만 그의 입에서 나온 건 전혀 예상치 못한 말이었다.

"부족한 건 없냐? 많이 먹어라."

"뭐, 뭐라고?"

대번에 멍청한 표정을 짓는 최석우와 그의 패거리.

하지만 다른 아이들은 그런 한정우의 모습을 보고 숙덕거리기 시작했다.

"와, 정우는 어른 다 됐네."

"그러게. 저 녀석들 학교 다닐 때 정우 엄청 괴롭혔잖아."

"근데 정우는 이미 다 용서한 듯한데?"

"배포부터가 달라. 뭐랄까, 있는 자의 여유라고나 할까?"

"에휴, 그런데 석우 녀석들은 뭐냐. 양심도 없이 정우가 사주는 밥이나 처먹고 있고."

"옛날 일 사과는 했으려나 몰라?"

"애초에 양심이 있으면 여기 나오지도 않았겠지."

'뭐, 뭐야.'

최석우는 점점 급변하는 공기에 인상을 찡그렸다.

학창 시절 때의 그는 학교를 군림하는 포식자였다.

키도 크고, 얼굴도 잘생겨서 인기도 많았고, 힘도 셌으니까. 그런데 이 엿 같은 분위기는 뭐란 말인가?

참다못한 석우의 친구들이 다른 아이들을 향해 눈을 부라렸다.

"쫑알쫑알 뒤에서 입 털지 말고 닥쳐라."

"학창 시절 때는 눈도 못 마주치던 새끼들이 어디서……."

그들의 입에서 폭언이 흘러나왔지만, 그들은 이제 고등학생이 아니다. 다들 22살의 대학생들, 개중에는 일찍 군대를 다녀온 친구들도 있었다.

석우네의 난폭한 언사에 겁을 먹기는커녕, 대번에 인상을 찌푸렸다.

"입을 털어? 닥치라고?"

"니들이 뭔데, 이래라 저래라야?"

"애초에 너네 환영하는 사람 아무도 없는데 동창회는 왜 나온 거야?"

"학교 다닐 때도 똥을 더러워서 피한 거지, 무서워서 피한 줄 아나."

"뭐, 뭐?"

당장에라도 주먹을 휘두를 것처럼 얼굴을 시뻘겋게 물들이는 석우 패거리들.

가만히 그들과 다른 아이들의 말다툼을 지켜보던 한정우는 몰래 미소를 짓고는, 고개를 내저으면서 자책하는 표정을 지었다.

"후우, 애들아 미안하다. 내가 석우를 괜히 초대한 것 같네."

"그게 왜 네 잘못이야?"

"맞아. 분위기 흐리는 저 새끼들 잘못이지. 그나저나 정우 네가 저놈들을 불렀다고?"

"어. 학창 시절 때야 어리니까, 누구나 실수를 하니까. 지금이라면 반성하고 달라졌을 줄 알았지. 그런데……."

마치 모기, 혹은 파리 떼라도 본 것처럼 한심한 눈빛으로 최석우를 쳐다보는 한정우.

"너희들은 변한 게 없구나."

"뭐? 이 새끼가!"

"이제는."

턱.

석우의 어깨 위에 손을 얹은 한정우의 눈이 강렬하게 빛났다. 눈빛을 마주한 최석우는 잠시지만 등골을 타고 내려가는 오한을 느끼며 몸을 떨었다.

'뭐, 뭐야. 내가 쫄았다고? 고작 눈만 마주쳤는데?'

그 이유가 무엇 때문인지는 모른다. 그가 보여준 재력 때문인지, 아니면 철저히 배척받는 이 장소 때문인지 확실치 않았다.

하지만 중요한 건 자신이 한순간 그에게 겁먹었다는 것.

그 사실을 인정할 수 없고, 인정하기도 싫은 최석우에게, 한정우가 말했다.

"이제는 우리도 어른이지? 그럼 상대방의 기분이란 걸 파악할 줄 알아야지. 애도 아니니까. 안 그래?"

"건방진 새끼가 지금 감히 누구한테 그딴 충고를……."

발끈한 최석우가 반론하려고 했지만, 이미 아이들은 고개를 끄덕이는 중이었다.

"정우는 저 상황에서도 화를 안 내네."

"혹시 정우 군대 갔다 왔나? 왜 저렇게 의젓하지."

"야, 정우는 원래 의젓했어."

"석우 저 새끼는 군대 가서 철 좀 들었으면."

"다음부터 동창회는 물 흐리는 녀석들 빼고 하자고. 좋은 날에 분위기 망칠 일 있어?"

집단으로부터의 철저한 소외. 물리적인 폭력은 없었지만, 그들은 생전 처음 맛보는 상황에 정신을 차리질 못했다.

'어, 어쩌다가 우리가 이런 신세가?'

이 상황을 이해하지 못하는 그들과는 달리, 처음부터 이런

판을 키워온 한정우는 미소를 지었다.

툭, 툭.

그는 최석우의 어깨에 묻은 먼지를 툭툭 털면서 말했다.

"석우야, 밥 많이 먹고 가라. 계산은 해놓을 테니."

"이이……."

최석우가 시뻘게진 얼굴을 부들부들 떨었다. 뭐라고 시원하게 소리를 치고 싶기도 하고, 폭력을 휘두르고 싶기도 했다.

하지만 그도 뇌가 있으니 생각이라는 걸 할 수가 있다.

그는 더 이상 청소년도 아니고, 자신보다 밑이라고 생각하던 녀석보다 잘난 것이 아무것도 없다.

'애초에 이곳에 오는 것이 아니었어.'

이곳은 자신들을 잡아먹기 위한 한정우의 덫. 한 번 작동한 덫은 자신들의 발목을 끈질기게 물어뜯으며 절대 놔주지 않았다.

그리고 그 사실을 인지한 순간, 꾹 쥐어진 채 부들부들 떨던 최석우의 주먹은 그 힘을 풀었다.

'내가 뭘 해도, 이 녀석한테는…….'

이길 수 없다.

패배감에 사로잡힌 최석우의 모습을 확인한 한정우는 환한 미소를 지으며 그를 격려했다.

"고생해. 그럼 난 이만."

고생하라는 말이 왜 앞으로 남은 인생 동안 고생하라는 것처럼 들리는 걸까.

생전 처음 무력함이라는 감정을 느껴본 최석우는 자리에 털썩 주저앉았다.

"야, 같이 가!"

"2차 갈까?"

"우리도 대충 식사는 다 끝났으니까…… 같이 나가자고."

친구들과 화기애애하게 인사를 하며 나가는 한정우의 뒤를 쳐다보는 최석우의 눈빛은, 처음 이곳에 들어올 때와는 달리 죽어 있었다.

동시에 한정우의 가슴 한편에 올려져 있던 묵직한 돌이 치워지는 순간이기도 했다.

2차로는 술집, 3차로 노래방까지 달린 한정우는 아침까지 달리자는 정신 나간 녀석들을 뿌리치고 집으로 돌아왔다.

'조금 어지럽지만, 플레이에 지장은 없겠다.'

적당히 기분만 좋을 정도로 취한 상태.

술에 취해 멀쩡한 아이템들을 분해하는 짓거리를 하지 않을 자신이 있었다. 그랬기에 한정우는 곧장 게임에 접속하여, 블리자드를 이끌고 주변의 사냥터로 나섰다.

"어때?"

흑랑과 백호를 선물해 주자 강아지처럼 꼬리를 좌우로 흔들며 어쩔 줄 몰라 하는 녀석. 잘 먹이고 푹 쉬었더니 어느새 두툼한 꼬리는 다시 돋아난 상태였다.

'저것도 나중에 한 번……'

먹이를 바라보는 듯한 카이의 반짝이는 눈빛을 알아채지 못한 블리자드는 이미 저 멀리 뛰어가서 두 자루의 곡도를 붕붕 휘둘렀다.

"역시 새로운 무기를 받을 때가 제일 신나지."

자신이 솔리드에게 검을 받았을 때를 떠올린 카이는 흐뭇한 표정으로 녀석을 바라봤다.

10분 정도 마음껏 검을 휘두른 녀석은 강렬한 눈빛을 내세우며 카이에게 다가왔다.

'사냥을 해보고 싶어 하는구나.'

허공을 가르는 연습만으로는 성에 차지 않은 걸까.

블리자드는 실전을 원하고 있었다.

'그럼 내가 적당히 상대를 해줄…… 아니, 아니지.'

카이가 고개를 흔들었다. 어차피 녀석과 손발을 맞춰봐야 할 필요성을 느끼던 참이었다.

'겸사겸사 새롭게 얻은 스킬들도 실험해 봐야 하고.'

그렇다면 이에 어울리는 무대는 과연 어디일까.

지도를 펼쳐 주변 지역을 살펴보던 카이가 냉큼 한 곳을 찍었다.

"여기서 조금만 더 이동하면 자이언트 베어가 출몰하는 숲이 나와. 거기로 가자고."

자이언트 베어. 3미터 크기의 위압적인 덩치에서 뿜어져 나오는 압도적인 힘.

많은 유저가 녀석의 앞발 스매시에 얻어맞고 정신이 가출했다는 소문이 자자했다.

"뀨르륵."

고개를 끄덕이며 카이의 제안에 동의한 블리자드는 그의 뒤를 졸졸 따라왔다.

"자, 여기서 정지."

숲의 초입에 도착한 카이가 손을 들어 블리자드를 멈춰 세웠다.

그의 시야로 나무에 큼지막하게 새겨진 거친 발톱 자국이 들어왔다.

"여기부터는 자이언트 베어의 영역이야. 조심하자고."

"크륵."

고작 한 걸음을 내디뎠을 뿐인데 주변이 어두워졌다.

울창한 나무와 나뭇잎들은 햇빛이 자신을 통과하는 것을 허락지 않았으니까.

'분위기 좋고.'

만약 혼자였다면 살짝 겁을 먹었겠지만, 지금은 블리자드가 함께하고 있다.

그 사실에 용기를 얻은 카이가 성큼성큼 길을 걸어나갔다.

'새롭게 배운 스킬은 영체화와 신성 사슬, 그리고 강화 소환.'

카이가 오늘 포커스를 맞춘 스킬은 다름 아닌 신성 사슬이었다.

'다른 것들이야 대충 예상은 가지만…… 이건 하나도 모르겠어. 궁금해 미치겠다.'

신성 사슬은 NPC 중에서도 고위 성기사, 이단심판관들이나 사용하는 레어 스킬로 실제 플레이어 중에서 이 스킬을 배운 이들은 카이가 알기로 세 손가락을 넘지 않았다.

'물론 스킬을 배웠다는 사실을 숨기고 있는 녀석들이 있겠지. 나처럼 말이야.'

그런 부분을 감안해도 결코 흔한 스킬은 아니다. 그리고 그것은 메리트와 동시에, 약간의 고민도 함께 선물했다.

'어디서 뭘 보고 배울 수가 없네.'

신성 사슬의 운용법은 하나부터 열, 걸음마부터 뜀박질까지 모든 걸 스스로 깨우쳐야 한다. 가르쳐줄 사람도, 보고 배울 사람도 없었다.

'그리고 그다음이 블리자드의 현재 실력인데……'

솔직히 자신과 싸울 때의 블리자드라면 이런 걱정을 하지도 않았을 것이다.

하지만 지금 녀석의 모든 스킬 레벨은 초급 1레벨로 떨어진 상태. 지금의 녀석이 얼마나 도움이 될지를 확실하게 넘겨짚고 가야 했다.

그래야 그 정보를 바탕으로 작전을 짤 수 있을 테니까.

"킁킁, 크르륵."

길을 잘 가던 도중 블리자드가 코를 킁킁거리더니 카이의 소매를 붙잡았다.

"왜?"

"쿠와앙."

손으로 앞쪽을 가리키더니, 두 팔을 넓게 벌리며 뭔가를 흉내 내는 녀석. 그 모습을 가만히 지켜보던 카이가 손뼉을 쳤다.

"아! 설마 저 앞에 자이언트 베어가 있나?"

끄덕끄덕!

'이 녀석, 생각보다 후각이 예민한데?'

야생에서 살아왔기에 가능한, 실로 사냥꾼다운 재주.

스으윽.

앞쪽의 풀숲을 슬쩍 걷어내자, 확실히 땅을 벅벅 긁으며 놀고 있는 자이언트 베어가 보였다.

"블리자드."

"크르륵."

"가서 싸워도 좋아."

"츄릅."

"아, 먹지는 말고. 저거 지지야."

"끄릉."

카이의 허락이 떨어지자, 블리자드가 바닥을 박차고 날아들었다.

녀석의 양손에 들려 있는 흑백의 곡도가 어둠 속에서 빛나며 자이언트 베어의 목을 내리쳤다.

'호오. 장비를 바꿔서인가? 확실히 검술은 이전보다 투박해지고 느려졌지만…… 대미지는 더 늘어난 것 같은데?'

카이는 전투에 끼어들지 않고 한 발자국 물러선 채 블리자드의 능력을 분석했다.

'초급 검술 1레벨에 이 정도 실력이면…… 당분간 내가 데리고 다니면서 검술 레벨만 조금 높여줘도 쓸 만하겠어.'

현재 블리자드는 90레벨의 검사와 맞붙여도 쉽게 밀리지 않을 정도였다. 중급 1레벨의 검술만 만들어놔도 140레벨의 유저를 상대로 충분히 활약할 수 있을 것이다.

쿠웅!

전투 이후 5분이 지나기 전, 자이언트 베어가 눈을 까뒤집으며 뒤로 넘어갔다. 녀석의 목과 가슴에는 각각 흑백의 곡도가 손잡이까지 깊게 박혀 있었다.

"잘했어."

블리자드를 가볍게 칭찬한 카이는 시스템 로그를 읽어내렸다.

'이 녀석이 사냥할 동안 뒤에서 응원만 하고 있었는데 경험 치가 들어온다.'

비율은 녀석이 80% 자신이 20% 정도다.

그렇다면 그 반대의 경우에는 어떨까?

카이는 블리자드를 보고 말했다.

"이제 내 차례니까, 가만히 있어."

때마침 한 마리의 자이언트 베어가 어슬렁거리며 숲길을 지 나갔다.

"신성 사슬."

촤라라라락.

스킬 시전과 동시에 손바닥 위에 소환된 짤막한 빛의 사슬, 카이는 우선 사슬을 굳게 쥐고 그 감촉을 느꼈다.

'차가워. 마치 겨울날 운동장의 철봉을 잡은 것처럼.'

비록 신성력으로 만들어진 사슬이라고는 하지만, 쇳덩이처 럼 무게가 느껴졌고 표면은 차가웠다.

'보아하니 신성력의 소모량은 길이에 따라 달라지는 것 같은 데.'

현재 카이가 소환한 신성 사슬은 고작 30㎝ 정도, 소모한 신성력은 300이었다.

'그럼 대략 1㎝당 10의 신성력을 소모하는 건가?'

그렇다면 1m에 신성력을 1,000 정도 소모한다는 뜻.

한 마디로 카이의 신성력을 모두 사용하면 신성 사슬을 최대 39m까지 뽑아낼 수 있다는 뜻이었다.

"크허허허헝!"

그 와중에 카이를 발견하고 달려드는 녀석!

카이는 곧장 사슬을 더 뽑아낸 후 녀석을 향해 던졌다.

촤르르륵!

기분 좋은 소리와 함께 녀석에게 뻗어 나가는 신성 사슬.

동시에 카이의 입에서 바람이라도 빠지는 듯한 소리가 흘러나왔다.

"어?"

당연한 것처럼 자이언트 베어의 목을 칭칭 휘감는 신성 사슬!

카이는 뭐에 홀린 듯 사슬을 쥔 손을 당겼다.

일련의 행동은 군더더기 없이 자연스럽게 이루어졌다.

쿠웅!

꼴사납게 넘어지며 머리를 땅에 처박는 자이언트 베어.

하지만 카이는 눈만 깜빡이며 사슬을 쥐고 있는 자신의 손을 내려다봤다.

'뭐지? 이 느낌은.'

미드 온라인의 스킬에는 명중률에 있어서 어느 정도의 시스

템적 보정이 가미되어 있다.

그건 스킬 적중률이 형편없기로 소문난 마법사나 궁수도 마찬가지.

하지만 그 보정은 플레이어의 실력이 뒷받침되었을 때야 빛을 발할 정도로 약소하다. 한마디로 스킬을 사용하는 요령을 알고 있는 플레이어가 꾸준히 연습했을 때, 그때가 돼서야 도움이 될 정도의 아주 미약한 보정이다.

'당연히 신성 사슬에도 어느 정도 보정은 있을 거야.'

하지만 처음 사용한 스킬을 이렇게 자유자재로 컨트롤할 정도의 보정은 절대로 아닐 것이다.

그렇다면 이것이 의미하는 바는 단 하나. 바로 플레이어가 해당 무기나 스킬에 타고난 재능을 지니고 있을 경우다. 그밖에 다른 이유는 없다.

'그러고 보니 이런 종류의 스킬은 사용해본 적이 없지.'

당장 카이가 사용하던 주문 중에서, 그나마 마법 같은 스킬이라고 해봐야 빛의 광선과 홀리 익스플로전뿐이다.

모두가 직선으로 뻗어 나가는, 재능 따위가 개입할 여지 없는 심심한 스킬들이다.

'뭐, 좋아. 그럼 내가 신성 사슬처럼 컨트롤을 요구하는 스킬에 재능이 있다고 쳐.'

그렇다면 그 재능을 어떤 식으로 사용할 수 있을까?

어느새 고개를 들어 올린 카이의 눈빛은 자이언트 베어에게 꽂혔다. 마치 그에 대한 해답을 녀석이 알고 있는 것처럼.

"크와와왕!"

목에 감긴 사슬을 쥐어뜯으며 울부짖는 자이언트 베어.

하지만 사슬을 결코 잘려 나가지 않았다.

'자이언트 베어의 완력으로 끊어질 정도였다면, 레어 등급 스킬이라는 타이틀은 반납해야지.'

카이가 사슬을 가볍게 흔들자 절대 풀리지 않을 것 같던 사슬이 풀리며 그에게 돌아왔다.

동시에 쿵쿵, 분노에 휩싸인 걸음으로 대지를 진동시키며 달려오는 녀석.

'신성 사슬은 일종의 채찍으로 봐야 옳겠지.'

그렇다면 신성 사슬 스킬에 대한 공부는 할 수 없겠지만, 채찍류 무기를 사용하는 랭커들의 영상을 보면 어느 정도 공부를 할 수는 있을 것이다.

'그전에 우선…….'

촤르르륵!

카이의 사슬이 다시 한번 춤췄다. 이번에는 녀석을 묶는 것이 목적이 아니라, 신성 사슬 자체의 공격력을 알아보기 위함이었다.

철그렁!

신성 사슬에 코를 얻어맞은 자이언트 베어의 인상을 찌푸려졌다. 마치 아이가 날린 종이비행기에 얻어맞은 듯한 표정.

"공격력은 별로네. 이거 세 번 휘두를 바에야 검 한 번 휘두르는 게 낫겠어."

가볍게 한숨을 내쉰 카이는 다음 순간 바닥을 내달렸다.

근접전에서도 신성 사슬을 사용할 수 있는가, 없는가.

그것을 알아보기 위함이었다.

"크허허허헝!"

후우우우웅!

자이언트 베어의 오른쪽 앞발이 공기를 밀쳐내며 카이에게 날아들었다.

수많은 유저의 정신과 체력을 가출시킨 앞발 스매시!

하지만 카이는 자신의 코앞까지 당도한 녀석의 손을 보더니, 침착하게 입을 열었다.

"영체화."

화아아아악!

카이의 몸이 순식간에 푸른색 입자처럼 바뀌며 귀신같은 형상을 취했다. 동시에 앞발 스매시는 카이의 몸을 흩어놓으며 그대로 지나갔다.

당연한 말이지만 카이가 입은 피해는 0.

"크허엉!"

당황을 금치 못하는 자이언트 베어.

평소라면 뒤로 물러나 상황을 지켜볼 정도로 똑똑한 녀석이지만, 말 그대로 녀석은 지금 당황했다. 그래서 녀석은 저도 모르게 왼손으로 다시 한번 앞발 스매시를 감행했다.

"신성 사슬."

촤르르륵!

영체화 상태라고는 하지만 공격력이 50% 감소할 뿐, 스킬 사용에 지장은 없었다.

순식간에 튀어나온 사슬이 자이언트 베어의 왼손을 묶었고, 카이는 사슬을 쭈욱 당겼다.

'신성 사슬은 타격기로써는 쓸모가 없어.'

그것은 아까 녀석의 콧잔등을 때려봤을 때 이미 파악했다.

그때 사슬은 터무니없이 약한 공격력을 보여줬으니까.

그래서 카이는 발상을 전환했다.

'그렇다면 관절기로는 어떨까?'

일반인들이 알고 있는 관절기 무술은 유도나 주짓수 정도다. 마찬가지로 무술에 관해서는 문외한인 카이가 알고 있는 것도 딱 그 두 개 정도.

'그리고 유도라면 초등학교 때 배워본 적이 있어.'

물론 석 달 배우고 때려치웠지만, 당시에 사범님이 해주신 말은 아직도 기억에 남았다.

'유도란 곧 유능제강(柔能制剛)임을 잊지 말거라. 부드러움은 강함을 이기는 법이다.'

상대의 힘을 역이용하는 것이 유도의 특징, 물론 카이는 유도 기술은 하나도 모른다.

하지만 압도적인 신체 능력을 지니고 있고, 무엇보다 특출난 눈을 통해 볼 수 있다.

'저 녀석의 공격 궤적을 말이지.'

그리고 그것을 읽을 수만 있다면, 그 힘을 어떻게 사용해야 하는지도 알 수 있는 법이다.

바로 지금처럼.

"크륵……!"

강렬한 힘이 실린 앞발 스매시는 신성 사슬로 인해 궤적이 변경되었다.

당연히 예상치 못한 움직임이었고, 그것은 녀석의 몸에 무리를 줬다.

우드드드득!

운동선수들조차 자신의 몸을 완벽하게 컨트롤하지 못하면 부상을 당한다.

하물며 자이언트 베어처럼 압도적인 힘을 지닌 몬스터라면?

쿠우웅!

'관절기로는 유용하구나.'

신성 사슬로 녀석의 힘을 이용하여 공격의 궤적을 살짝만 비틀었을 뿐이건만, 그것만으로도 레벨 95의 몬스터는 허리가 박살이 난 채 바닥에 쓰러져 끙끙 신음만 내뱉었다.

"오케이."

새로운 스킬들은 확실히 돈값은 함.

카이가 짤막한 평가를 내렸다.

To Be Continued

스켈레톤 마스터

WISHBOOKS GAME FANTASY STORY
더페이서 게임 판타지 장편소설

오직 힘으로 지배되는 세상 일루전!

"스켈레톤 소환."

└ 미친…….
└ 저거 스켈레톤 맞아요?
└ 뭐가 저렇게 세?

수백이 넘는 소환수를 지휘하는 자,
극악의 난이도를 자랑하는 직업 조폭 네크로맨서!
8년 전으로 회귀한 강무혁의 도전이 시작된다.

「스켈레톤 마스터」

"나는 이곳에서 강자가 되겠다!"